1980

1980 ❷(큰글씨책)

초판 1쇄 발행 2018년 6월 18일

지은이 노재열
펴낸이 강수걸
편집장 권경옥
펴낸곳 산지니
등록 2005년 2월 7일 제 333-3370000251002005000001호
주소 부산광역시 해운대구 수영강변대로 140 BCC 613호
전화 051-504-7070 | 팩스 051-507-7543
홈페이지 www.sanzinibook.com
전자우편 sanzini@sanzinibook.com
블로그 http://sanzinibook.tistory.com

ISBN 978-89-6545-531-8 04810
978-89-6545-529-5 (세트)

* 책값은 뒤표지에 있습니다.
* 이 도서의 국립중앙도서관 출판예정도서목록(CIP)은 서지정보유통지원시스템 홈페이지(http://seoji.nl.go.kr)와 국가자료공동목록시스템(http://www.nl.go.kr/kolisnet)에서 이용하실 수 있습니다.(CIP제어번호: CIP2018018026)

큰글씨책

1980 ②

노재열 장편소설

산지니

차례

1권

1부 · 죽은 자의 울음소리

2부 · 살아남은 자

2권

3부 · 도망자 2

4부 · 도망자 1. 이야기의 끝이자 시작

3부

도망자 2

도망을 시작하다

"어머니, 죄송합니다."

정우는 허겁지겁 책들을 가방 속에 집어넣었다. 그리고 어머니에게 작별인사를 하고 급하게 집을 나섰다.

정우는 조금 전에 석구와 헤어지면서 각자의 집에 있는 불온서적들을 치우고 1시간 뒤에 서면 부근 다방에서 다시 만나기로 한 약속이 급했다.

"계엄군에게 잡힌 것이 분명하다."

남포동 미문화원 뒷골목에서 만나기로 한 영호가 약속시간 5분이 지나도록 나타나지 않자 석구가 초조하게 말했다.

"그런 것 같다. 빨리 피하자."

그리고 정우는 석구와 헤어져서 급하게 부모님 집으로 달려왔던 것이다.

정우는 시위를 준비하면서 부모님 집에 가져다 놓은 자신의 책들을 치워야 한다는 생각을 하지 못하였다. 학생운동을 한답시고 친구들과 따로 자취방을 얻어 생활하였지만 정우 개인의 소지품이나 다 읽어 쌓아 놓은 책들은 부모님 집에 가져다 놓았다.

부모님 집으로 경찰들이 들이닥칠 것이 뻔했고 그럴 경우 정우의 소지품이나 책들이 증거자료로 압수될 것은 너무나 당연한 일이었다. 그럴 경우 부모님도 곤욕을 치를 거라는 걱정을 하며 정우는 자신의 소지품이라도 치워야 되겠다고 생각했다.

정우의 부모님은 정우가 대학에 입학하자 시골생활을 정리하고 부산으로 이사를 했다. 자식들의 공부가 더 중요하다고 생각한 부모님의 판단이었다. 넉넉하지 못한 가정형편이었지만 정우의 아버지가 교편을 잡고 있었기 때문에 시골의 땅을 팔아 값싼 전셋집이라도 얻으면 그럭저럭 생활할 수 있다고 판단을 했던 것 같다. 이런 부모님에게 정우는 마음속으로나마 용서를 구하며 서둘러 집을 나섰다.

"조심해라."

급하게 가방을 들고 나가는 정우의 뒤에서 무슨 일인지도 모르고 어머니는 걱정스럽게 한마디 했다. 정우는 어머니의 말을 듣는 둥 마는 둥 허둥지둥했다.

석구와 약속 장소에서 만나자마자 일단 부산을 벗어나기로 하였다. 계엄군이 도시 곳곳을 지키고 있어서 시간을 놓친다면 시내를 벗어나기 어려울 것이란 판단 때문이었다. 정우와 석구에 대한 체포령이 내려지는 것은 시간문제였다. 신속하게 탈출을 해야 했다. 정우와 석구는 서로 헤어지면서 당분간 연락을 하지 않기로 하였다. 계엄군의 추적을 받을 수도 있다고 생각했기 때문이다.

정우는 아는 선배를 찾아가 그동안의 일을 설명하고 도움을 요청하였다.

"우선 내가 돈을 좀 마련할 테니까 잠시 숨어 있거라."

정우는 선배와 다시 만날 약속을 정하고 미로 같은 골목길을 따라 산 쪽으로 향했다. 이 길은 정우가 잘 아는 길이었다. 금정산을 등지고 학교 주변에는 학교 정문을 중심으로 반달형으로 빙 둘러싸인 주택가가 형성되어 있었다.

부산이 집이 아닌 학생들의 경우 셋방을 얻어 자취를 하거나 하숙을 하였기 때문에 이러한 주택가 골목골목에 거의 학생들의 하숙촌, 자취 촌이 들어서 있었다. 물론 부산에 부모님 집이 있더라도 통학이 불편하거나 대학생으로서 독립하기 위해 자취를 하는 친구들도 많았다. 그리고 정우처럼 지하서클에서 활동하는 경우는 보안의 문제나 활동의 필요에 의해 자주 셋방을 옮겨 다녔다. 그래서 정우는 학교 주변 지리를 훤하게 꿰뚫고 있었다.

정우는 거의 산기슭 가까이에 있는 후배 집으로 소위 불온서적이 든 가방을 들고 찾아갔다. 정우가 생각할 때 그 후배의 집이 그래도 가장 안전한 곳으로 생각되었지만 오랫동안 맡겨둘 수는 없는 곳이었다. 우선 급한 대로 당분간만 맡기기 위해서였다. 그 후배 역시 활동을 하는 친구였기 때문에 언제 어떤 일을 당할지 모르는 상황이었다.

우선 임시방편으로 가방을 맡기고 정우는 황숙의 집으로 찾아갔다. 정우에게는 오늘 저녁을 무사히 넘기는 일이 가장 시급한 일이라 가장 안전한 곳으로 황숙의 집을 떠올린 것이다.

황숙은 정우의 야학 제자였다. 황숙은 방직회사에 다니며 정우가 야학선생으로 있는 M야학에서 중학교 과정 공부를 하고 있는 여성 노동자인데 나이는 18세였다. 고등학교를 졸업할 나이에 중학교 과정을 공부하고 있었다.

전라도가 고향인 황숙은 집안형편이 어려워 초등학교를 졸업하자마자 중학교를 가지 못하고 이곳 부산 방직공장으로 취직을 했다. 방직공장에 취직할 당시 나이가 어려 친구 언니의 이름으로 나이를 속여 취직을 한 것이다. 대부분의 섬유공장은 황숙과 같이 나이 어린 여공들을 모르는 척하며 취직을 시키고 있었다. 오히려 방직공장 관리자들이 졸업시즌이 되면 시골을 돌며 초등학교를 졸업하는 어린 학생들을 상대로 취업을 유혹하고 있는 현실이었다.

황숙이 생활하고 있는 곳은 구서동 쪽 온천천 옆에 있는 셋방이었다. 온천천 옆에는 시멘트 블록으로 대충 담을 쌓고 함석이나 슬레이트로 지붕을 이은 쪽방이 많이 들어서 있었다. 대부분이 무허가 건물로써 한 건물에 십여 개 이상의 방이 다닥다닥 붙어 있었다. 건물주는 이 방들을 하나씩 세를 주고 있는데 주로 여성 노동자들이 셋방을 얻어 함께 생활하고 있었다.

온천천 주변은 온천천을 따라 송월타올, 태창기업, 대한방직, 경남모직 등 섬유공장들이 길게 들어서 있었다. 이들 공장에서 나오는 폐수가 구서동에서 장전동을 거쳐 온천동으로 흐르는 하천으로 유입되면서 온천천은 항상 공장폐수로 고약한 냄새가 진동을 하였다.

온천천 동쪽으로 공장지대가 들어서 있다면 쪽방들은 온천천 건너편 서쪽으로 들어서 있었다. 주택가는 온천천을 벗어나 금정산 기슭 쪽으로 한참 멀리 떨어져 있기 때문에 온천천 주변에 있는 쪽방들은 온천천 건너편 공장 굴뚝에서 나오는 연기 속에 묻혀 공장 건물의 일부처럼 보이며 희미하게 제자리를 지키고 있었다.

"어머, 선생님!"

황숙이 반갑게 맞이하였다. 방 안에는 선희와 정화가 늦은 저녁상을 차리고 있었다. 선희는 황숙과 같이 생활하는 동료고, 정화는 옆방에 세를 얻어 함께 생활을 하고 있었다. 세 명 모두 M야학에서 정우에게 공부를 배우고 있는 학생이었다.

정우는 평소에 황숙의 셋방을 여러 번 다녀갔었다. 정우가 야학을 하는 이유는 어려운 노동자들을 돕는다는 취지도 있었지만, 노동자들의 생활을 간접적이나마 체험하면서 자신의 관념을 조금이나마 현실적인 것으로 만들어 보자는 뜻도 있었다. 자연스럽게 공장 노동자들의 생활에 관심을 가지고 그들의 애로점을 들어주거나 잘 모르는 공부내용에 대해 세심하게 설명해 주는 것이 정우의 일상이 되어 있었다.

"오늘 여기서 자도 돼?"

정우는 거리낌 없이 말했다.

"언제든지 주무시고 가셔도 돼요."

황숙도 즐겁게 말하였다. 이전에도 정우는 황숙의 집에서 몇 번 잠을 잔 적이 있었다.

M야학은 검정고시 야학이었다. M야학의 교장선생은 50대 나이에 호방한 사람이었다. 정우가 셋방을 구하기 위해 학교 주변을 돌아다니다가 우연히 온천천 둑 옆에 함석으로 지은 반원형의 기다란 막사건물을 발견한 것이 야학을 하게 된 계기가 되었다. 녹이 슨 함석을 덕지덕지 붙인 건물 앞에 M야학이라는 간판이 걸려 있는 것을 보고 정우는 그곳에 있는 교장선생에게 야학선생을 하고 싶다고 말했다. 교장선생은 흔쾌히 승낙을 하였고 바로 다음날부터 정우는 야학선생이 된 것이다.

야학선생은 정우를 포함해서 5명밖에 되지 않았다. 그중에서도 2명은 50대 교장선생과 그의 부인이었다. 교장선생과 그의 부인은 주로 한문과 사회를 가르쳤다. 간혹 오르간을 켜면서 음악수업을 하기도 하였다. 야학선생 중에 교장선생의 친척인 듯한 30대 남성이 있었다. 정우가 야학선생으로 오기 전까지 수학을 가르치고 있었는데 정우가 오자마자 수학을 맡겨 버렸다. 나머지 한 분은 여성이었는데 나이는 20대 후반으로 현직 중학교 선생이면서 교장선생과의 인연으로 국어를 가르치고 있었다. 정우는 수학과 영어를 주로 가르치면서 선생이 없을 때에는 국어와 사회까지 가르치는 전천후 야학선생이 되었다.

M야학은 공식적으로 허가를 받은 검정고시 야학이었지만 야학졸업장만으로는 학력이 인정되지 않았다. 그래서 학생들은 이곳 야학에서 공부를 하고 학력인정을 받기 위해 1년에 한 번씩 검정고시를 보아야 했다. 그리고 학생들은 시험에 합격을 해야 했기 때문에 의외로 열심히 공부를 하는 편이었다. M야학은 온천천 제방을 뒷벽으로 삼아 둑 바로 옆에 움푹하게 내려앉은 곳에 세워져 있었다. 제방 높이가 사람 키 하나 정도로 꽤 높은 편이라서 제방 둑에서 야학을 내려다보면 야학 지붕이 발아래로 보였다. 온천천은 제방 둑을 쌓아 물이 넘치지 않게 해 놓았는데 평소에는 흐르는 물이 적어 제방 둑에서 보면 하천 바닥이 드러날 정도였다. 그러나 비가 오면 하천 물이 급속도로 불어나 제방을 넘을 정도로 넘실거리며 물이 흘러갔다. 이런 날은 물이 제방 둑을 넘어올까 봐 불안해할 정도였다.

야학 교실은 3개로 나누어져 있었다. 각 교실에는 나무책상과 의자가 있고 칠판과 분필이 놓여 있었다. 희미한 형광등 불빛은 좁은 교실 전체를 다 비추기에도 힘겨운 듯 중앙을 중심으로 칠판 주위만 보여 줄 정도로 빛이 약했다. 삐거덕거리는 나무책상은 아마도 버리는 학교 책상을 얻어 온 듯 많이 낡은 상태였다. 책상 표면에 칠해진 초록색 페인트가 벗겨져 손을 대면 페인트 가루가 군데군데 묻어났다. 나무의자는 각목으로 뼈대를 세우고, 엉덩이를 붙여 앉는 곳에는 얇은 나무판자를 엉성하게 나란히 대어 놓아, 오래 앉아 있으면 엉덩이가 나무판자 홈 틈에 끼여 아플 정도였다.

야학에는 한 반에 15명 내외로 전체 40명 정도의 학생이 있었다. 나이가 15살 정도의 어린 학생부터 많게는 20살 정도의 학생도 있었다. 그러나 대부분이 황숙처럼 18세 전후의 여학생들이었고 남학생은 2명 정도 되었다.

학생들이 공장에서 잔업까지 마치고 야학으로 출석하면 저녁 7시 30분 정도가 되었다. 이 시간도 야학을 다니기 때문에 공장에서 배려해 주는 시간이었고 야학을 다니지 않는 사람은 보통 저녁 10시까지 일을 해야 한다고 하였다.

야학에서는 보통 저녁 9시까지 2교시 수업을 하는데 노동자들이 일을 마치고 매일 출석하기에는 피곤할 정도였다. 때때로 결석을 하는 학생이 있었는데 그러면 정우는 그 학생의 집을 저녁 늦게 방문하기도 하였다. 대부분이 학교 주변 쪽방에 살고 있었기 때문에 집을 방문하는 것은 쉬웠다. 황숙도 이렇게 집을 방문하면서 친하게 되었던 것이다.

"며칠만 여기에 있자."

정우가 정색을 하고 황숙에게 말했다.

"선생님, 무슨 일 있어요?"

옆에 있던 선희가 정우에게 물었다.

"응, 좀 어려운 상황에 빠졌어."

정우는 오늘 있었던 일을 이야기하였다.

계엄군이 시내를 장악한 것은 황숙과 선희도 잘 알고 있었다. 정우의 생각이 현 시국에 대해 비판적인 것도 잘 알고 있었다. 정우는 수업을 하면서 현 시국에 대한 이야기를 자주 하는 편이었다. 특히 전두환이 군사쿠데타를 일으키고 무단으로 정치 권력을 찬탈하려는 음모를 꾸미고 있다는 것을 한번씩 학생들에게 이야기할 때면 학생들은 불안해하면서도 정우의 말을 그대로 믿어 주었다.

황숙은 이들 또래 중에서도 나이가 한두 살 많아서 세상 돌아가는 것에 대해서는 알만큼 아는 학생이기도 하였다. 황숙은 정우가 데모를 주도하였고 계엄군에게 쫓기고 있다는 것을 알게 되었지만 그다지 불안해하지 않았다. 그동안 정우의 행동이나 언행으로 볼 때는 당연하다는 생각을 할 정도로 정우에 대한 믿음이 컸다.

"선생님 걱정하시지 말고 저희 집에 계세요. 오히려 집 지켜주시고 좋겠네요."

"그래요. 저희가 출근하면 밥도 해 드세요."

황숙의 말에 옆방의 정화도 거들었다. 정화는 충청도가 고향이었다. 황숙보다는 한 살 적은 나이로 황숙과는 잘 지내는 친구였다. 이들 셋은 M야학을 오래 다녔다. 황숙은 정우가 야학선생을 하기 전부터 야학에 다녔기 때문에 야학의 상황이나 교장선생의 동태에 대해서도 잘 알고 있었다.

여기서 교장선생의 동태라고 한 것은 정우의 안전문제 때문에 거론해 본 것이다. 황숙은 나이보다 일찍 사회생활을 하면서 어느 정도 눈칫밥을 먹은 학생이었다. 정우의 처지로 볼 때 누구에게도 들켜서는 안 되는 일이라는 점을 황숙은 잘 알고 있었다. 아무래도 교장선생은 관할구청이나 경찰서 등과 업무처리를 위해 자주 만날 것이기 때문에 정우에 대한 일은 교장선생에게도 절대 보안으로 해야 한다는 것쯤은 알고 있었다.

정우는 며칠 동안 황숙의 방에서 머물렀다. 황숙과 선희는 옆방의 정화 방에서 함께 잠을 자고 정우는 혼자 황숙의 방에서 잠을 자도록 해 주었다. 정우는 낮 시간은 꼼짝없이 방에 갇혀 있어야 했다. 혹시라도 셋방 주인이 여자가 사는 방에 남자가 있는 것을 알면 이상하게 생각할 수도 있었기 때문이다. 다행히 셋방주인은 다른 곳에 살기 때문에 정우가 있는 동안은 한 번도 마주치지는 않았다. 정우는 주로 늦은 오후를 지나 저녁 무렵에 주변 동료들에게 연락을 취하면서 부산을 빠져나갈 궁리를 하였다.

"우선 이 돈을 가지고 지내라."

선배가 밤늦게 정우를 만나 10만 원을 건네주었다.

"이 정도면 한두 달은 버틸 수 있을 거다."

선배의 이 말은 정우에게 완벽하게 숨어 지내라는 말이었다. 그동안 정우는 시급히 부산을 벗어나야 함에도 일정이 하루이틀 지체되면서 조금은 느슨한 마음을 가지게 되었다. 친구들에게 연락을 하기도 하고 그동안 해 왔던 활동에 대해 의논을 하기도 하는 등 안이한 생각을 하고 있었던 것이다. 그러나 선배가 보는 현 상황은 정우가 생각하는 것만큼 느슨하지 않았다. 전두환은 치밀한 계획을 가지고 전국비상계엄령확대를 선포하였고 광주에서는 총격전이 벌어지고 있었다. 그러한 과정에서 수백 명의 민간인이 살해되고 있다고 하였다.

"너도 잡히면 죽는다!"

선배는 정우에게 다시 한 번 경각심을 일깨워 주었다. 정우는 지금부터 그야말로 완벽하게 숨어야 했다. 가족은 물론이고 친구나 주변 사람들과도 완벽한 단절을 위해서는 부산을 시급히 떠나야 하였고 그 이후로는 어떤 연락도 해서는 안 되었다. 실제 완벽한 단절은 정우 자신을 위해서도 그렇지만 주변 사람들을 위해서도 필요하였다. 만약 정우가 계엄군에게 체포될 경우, 그동안의 행적에 대한 추궁이 있을 것이고 아무리 숨긴다고 하더라도 수사관의 치밀한 조사기법을 벗어나기 힘들 것이기 때문이다. 결국 정우가 숨어 지냈던 장소나 움직인 경로를 파악하면서 정우에게 도움을 주었던 사람들은 모두 범인 은닉죄로 피해를 볼 것이 뻔했기 때문이다.

"형, 고맙습니다."

정우는 선배에게 작별인사를 하였다.

"몸조심해라. 그리고 절대 잡히면 안 된다."

선배는 정우의 손을 잡으며 걱정스럽게 말했다. 정우는 밤늦게 황숙의 방으로 돌아왔다. 황숙이 걱정스럽게 기다리고 있었다.

"선생님!"

황숙이 눈물을 글썽이며 반갑게 맞이하였다. 황숙은 정우가 밤늦도록 돌아오지 않자 걱정을 하며 기다렸던 것이다.

"황숙아, 미안."

정우는 황숙의 눈물이 당황스러웠다. 정우는 다시 한 번 자신의 행동을 돌아보게 되었다. 정우 자신은 필요에 따라 하는 행동이었지만, 그 행동을 바라보는 주변 사람들은 숨이 막힐 정도의 불안감을 갖는 것이었다. 체포를 당하거나 무언가 불상사를 당하지나 않았을까 하는 불안감 속에 정우를 기다렸을 황숙의 심정이 얼마나 애가 탔겠는가. 정우는 미안한 마음으로 황숙을 안심시키고 내일 오후에 떠나기로 했다는 것을 말했다. 황숙과 선희, 정화가 정우를 걱정스럽게 바라보았다.

"어디로 가실 거예요?"

"나도 몰라."

정우는 막연하게 대답을 하며 황숙에게 한 가지 부탁을 했다.

"내일 저녁 숙영이한테 나와 만날 약속을 좀 전해 주라."

정우는 황숙에게 숙영을 만날 장소와 시간을 적은 쪽지를 건네 주었다. 물론 그 쪽지에는 장소 이름이나 시간을 쓰지 않고 숙영과 정우만 알 수 있는 내용으로 "모래사장 끝에서 보자. 수업이 끝나는 시간에" 라고 적었다. 숙영이 충분히 알 수 있는 내용이었다.

숙영 역시 M야학에 다니는 학생이었다. 그러나 숙영은 공장에 다니지 않았다. 무슨 사연인지는 모르지만 정규 학교를 다니지 못하고 친척집에서 생활하면서 M야학에 다니며 검정고시를 공부하고 있었다. 나이는 17세로 황숙이보다 한 살 아래지만 몸과 얼굴은 완전히 아가씨 티가 날 정도로 성숙해 있어 정우가 야학에 온 첫날부터 눈에 띄었던 학생이었다. 숙영은 공부에 대한 의지도 강했고 학습 이해도도 상당히 빨라서 정우는 자연스럽게 관심을 갖게 되었고 학습에 도움을 많이 주면서 친하게 지내는 사이였다.

정우가 당장 해결해야 할 일은 소위 불온서적을 처리하는 것이었다. 정우가 가지고 있는 책들은 일반서적도 있지만 서점에서는 판매가 되지 않는 책들을 복사한 복사본이 많이 있었다. 주로 일본 서적들이었는데 그 양이 꽤 되었다.

정우는 그것을 버릴 수는 없다는 생각을 하고 있었기 때문에 당분간 어디엔가 숨겨 놓아야 했다. 정우가 생각해 낸 것은 숙영에게 맡기는 것이 가장 안전하다는 것이었다. 숙영은 광안리 부근 친척집에 살면서 장전동 M야학으로 통학을 하고 있었기 때문에 우선 M야학과 거리가 많이 떨어져 있었다. 그리고 숙영과 정우의 관계보다는 황숙 등 M야학 부근에서 생활하는 학생들과 정우가 자주 어울리는 것으로 알려져 있어서 정우에 대한 탐문조사를 할 경우 숙영에 대한 주목을 비켜 갈 수 있을 것이라는 판단이었다.

정우는 다음날 저녁 금정산 기슭에 있는 후배의 집에서 책이 든 가방을 들고 나와 숙영을 만났다. 만난 장소는 광안리 바닷가 백사장 귀퉁이였다.

이전에 정우는 숙영과 광안리 바닷가에서 서너 번 만난 적이 있었다. 숙영은 왠지 모를 수심이 있는 듯했고 정우는 그것이 안쓰러워 데이트 아닌 데이트를 하곤 했다. 데이트라고 해봐야 별게 없었다. 야학을 마치고 집까지 시내버스를 함께 타고 갔다가 광안리 집 부근 백사장을 잠깐 걷고 정우는 다시 버스를 타고 돌아오는 것이 전부였다. 주로 51번 버스를 이용하였는데 밤 9시경에 광안리까지 가서 백사장을 거닐면 밤 10시경이고 다시 돌아오면 밤 11시가 되었다.

숙영은 말이 별로 없었다. 정우도 말을 많이 하는 편은 아니었기 때문에 서로 간에 대화는 없이 주로 시간을 함께 보내는 정도로 데이트는 끝났다.

정우는 숙영에 대해서 아는 것이 별로 없었다. 한 번씩 이야기하는 내용으로 보아 가족과는 떨어져 사는 것은 확실하였고, 말투로 보아서는 충청도나 서울 쪽이 고향이라는 짐작이 들었으나 물어보지는 않았다. 현재 살고 있는 곳이 친척집이라고 하지만 그렇게 살가운 곳은 아니라는 생각이 드는 정도였다.

숙영을 만난 정우는 우선 그간의 사정을 설명하고 무겁게 들고 있는 커다란 가방을 보여 주었다. 숙영은 살짝 웃으며 정우의 가방을 바라보았다. 숙영의 웃음은 묘한 매력이 있었다. 수줍은 듯 입술을 조금 오므려 내밀고 웃는 모습이 정우의 마음을 즐겁게 했다. 정우는 숙영을 볼 때마다 이러한 생각을 하곤 했는데 오늘은 그것이 더욱 부각되어 다가왔다.

숙영은 정우를 데리고 친척집으로 향하였다. 숙영이 살고 있는 친척집은 광안리 백사장을 해운대 쪽으로 벗어나 버스길 바로 옆에 있었다. 2층 슬래브집인데 숙영의 방이 2층에 있어 정우가 가방을 들고 2층 계단을 올라갔다. 숙영은 현관문을 열어 정우를 들어오게 하였다.

"오늘은 아무도 없어요."

정우가 집 안 거실로 들어서는데 숙영이 웃으며 말했다. 정우는 집 안에 아무도 없다는 숙영의 말에 다행이라는 생각을 하면서도 들고 있던 가방의 무게 때문에 빨리 가방을 옮겨야 된다는 생각밖에는 들지 않았다.

대충 챙겨 넣은 책들이 엉키며 가방 속에서 이리저리 쏠리는 바람에 가방은 오래 들고 있기가 어려울 정도로 제법 무거웠다. 거실에는 양탄자가 깔려 있고 소파가 놓여 있었다. 숙영은 정우를 자신의 방으로 안내하며 가방을 구석에 놓게 하였다.

정우는 숙영의 방에 들어서며 편안한 느낌을 받았다. 무거운 가방을 내려놓는 정우의 어깨가 긴장이 풀어지듯 휘청했다. 동시에 정우는 머리가 약간 어지러운 느낌에 방바닥에 주저앉았다. 숙영이 정우의 옆으로 다가왔다.

“선생님, 어디 아프세요?”

숙영이 걱정스러운 듯 물었다.

“아니야, 괜찮아.”

정우는 손사래를 치지만 자꾸만 가라앉는 듯한 몸을 가누지 못하고 웅크려 앉았다. 숙영이 급하게 정우를 부축하며 방 한쪽 옆에 펴 놓은 담요 위로 정우를 데려갔다.

정우는 조금 전 백사장에서 숙영을 만날 때부터 자신의 몸이 무거워지는 것을 느꼈다. 본래부터 무거운 가방이었지만 들고 있는 가방이 자꾸만 무거워지는 것을 느끼며 빨리 이 무게로부터 벗어나고 싶다는 생각을 하고 있었다.

가방의 무게는 숙영을 만나며 주위를 살피는 정우의 본능적인 긴장감으로 인해 더욱 가중되었다. 그리고 이런 긴장감이 숙영의 방의 편안함에 풀어지면서 그동안의 피로들이 한꺼번에 정우에게 밀어닥친 것이다.

쓰러지듯 드러눕는 정우를 숙영이 부축하였다. 숙영의 손길은 부드러웠다. 정우의 어깨를 감싸며 숙영은 조심스럽게 정우를 담요 위로 눕혔다. 정우의 얼굴 앞으로 숙영의 가슴이 뭉클하고 부딪혀 왔다. 따스했다. 무어라 말할 수 없는 포근한 느낌에 정우는 눈을 감았다. 숙영의 머릿결이 정우의 목과 귓불을 스치며 지나갔다. 들길 위의 풀 냄새처럼 풋풋한 향기가 났다.

"쏴아아."

파도소리였다. 저 멀리 숙영이 손짓을 하고 있었다. 정우는 바닷가 모래 위에 서 있었다. 눈이 부시게 파란 하늘에 흰 구름이 듬성듬성 흘러가고 있었다. 숙영은 무언가를 가리키며 정우에게 빨리 오라고 계속 손짓을 보내고 있었다. 정우는 숙영의 손짓을 따라 눈길을 보냈다. 하얀 파도가 부서지고 있었다. 먼 바다 한가운데서 하얀 파도가 하얀 점처럼 일어났다. 그 파도는 점점 불어나 하얀 띠를 만들더니 서로가 어깨동무를 하듯 길게 늘어서서 해안선을 따라 바닷가 모래밭으로 밀려왔다. 숙영이 밀려오는 하얀 파도 속으로 걸음을 옮기고 있었다. 정우도 숙영에게 다가가며 밀려오는 하얀 파도 속으로 걸음을 옮겼다. 하얀 파도는 거품을 내며 해변가 모래들을 쓰다듬다가 다시 밀려 나갔다. 하얀 파도가 밀려 나간 자리에 정우의 발자국이 점점이 찍혔다. 숙영이 수줍은 듯 웃으며 정우를 바라보았다. 또다시 파도가 밀려왔다.

"쏴아아."

정우는 자신이 꿈을 꾸고 있다고 생각했다. 그러한 정우의 귓가로 숙영의 숨결인 듯 따스한 기운이 다가왔다. 정우는 긴장이 풀어지며 온몸에서 힘이 빠져나가는 것을 느꼈다.

지난 며칠 동안 날이 설 정도로 팽팽한 긴장감 속에 자신을 가두고 있었던 정우였다. 한순간도 긴장을 놓지 못하고 정우는 불안했다. 정우는 눈만 감으면 남포동 거리가 떠올랐다. 그 거리를 가득 메우고 있는 계엄군들의 트럭에는 날카로운 칼을 꽂은 총을 수직으로 곧게 세운 계엄군들이 타고 있었다. 희미하게 사라져 가는 저녁노을의 살짝 남아 있는 햇살에도 계엄군들의 총칼은 번쩍였다. 그 번쩍이는 총칼이 언제 정우의 목덜미를 찔러 올지 정우는 내내 불안했던 것이다.

꿈을 꾸듯 숙영의 숨결을 느끼며 정우는 정신을 잃듯이 잠이 들었다. 파도소리가 잠든 정우의 귓가에서 계속 맴돌았다.

"쏴아아"

그렇게 정우는 밤새도록 파도소리를 들었다.

기차에서 잠을 자다

"빵빵—"

시내버스가 클랙슨을 길게 울렸다. 사상공단을 지나 덕포동으로 들어서는데 차들이 빽빽하게 서 있었다. 아마 계엄군이 검문을 하고 있는 모양이었다. 덕포동을 지나면 곧 구포역이 나오는데, 이곳을 통과하면 부산을 벗어나 김해나 양산 방면으로 나가기 때문에 구포역 부근에 차들이 지나다니는 통로에 바리케이드를 쳐 놓고 계엄군이 검문을 하고 있었다. 그 검문 때문에 차량 흐름이 막혀 차들이 길게 줄을 서 있었다.

정우는 이른 아침에 숙영의 집을 나왔다. 모처럼 편안한 잠을 잔 탓인지 정우의 몸은 가뿐했다. 숙영의 집을 나온 후, 정우는 시내버스를 타고 부산시를 빙 둘러 돌아다니며 시간을 보내었다. 그리고 버스 속에서 부산을 벗어날 적당한 시간을 계산하고 있었다.

'사람이 가장 많이 나다니는 시간을 택해야 한다.'

정우는 그 시간이 오전 11시경이라 판단하고 그 시간에 맞추어 구포 쪽으로 향하고 있었던 것이다.

구포역 가까이 바리케이드가 보였다. 계엄군이 총을 들고 차들을 일일이 검문하고 있었다. 계엄군은 주요 지역에 탱크까지 세워 놓고 그 위세를 자랑하고 있었다. 주요 관공서와 대학 정문 앞에는 탱크가 모두 배치되어 있었다. 물론 계엄군은 착검까지 한 총을 들고 있었고, 시민은 이러한 위협적인 계엄군의 모습에 주눅이 들어 아무런 저항도 못 하고 숨을 죽이고 있었다.

계엄군 한 명이 정우가 탄 시내버스로 올라탔다. 정우는 일순간 긴장을 하였다. 그러나 표정에 드러내서는 안 되었다. 계엄군이 버스 앞쪽에 앉아 있는 30대 정도의 남자에게 신분증을 요구하였다. 별다른 문제가 없는지 다시 신분증을 돌려주며 계엄군이 뒤쪽으로 힐끔 눈짓을 보내고는 시내버스를 내렸다.

"휴-"

정우는 버스 맨 뒷자리에 앉아서 바깥을 보는 척하다가 계엄군이 내리자 안도의 한숨을 내쉬었다.

정우가 탄 버스는 김해까지 가는 버스였다. 일단 구포역을 벗어나면 김해까지는 검문이 없기 때문에 안심해도 되었다. 정우는 우선 부산을 벗어나 김해까지 가는 것이 목표였다. 김해는 작은 읍동네이기 때문에 부산보다는 검문이나 감시가 덜할 것이고 다른 지역으로 이동하기도 쉬울 거란 생각이었다.

정우는 김해에 도착하자마자 진영행 버스를 타고 진영 기차역으로 갔다. 일단 기차를 타야 수월하게 멀리 이동을 할 수 있기 때문이다.

정우는 오후시간을 진영 동네 부근에서 시간을 보내며 저녁 시간에 출발하는 영등포행 기차를 기다렸다. 지금부터 정우에게 주어진 가장 시급한 것은 매일매일 숙박을 해결하는 거였다. 설사 돈이 많다고 하더라도 정우는 여관에서 숙박을 할 수가 없었다. 여관은 밤늦게 경찰들이 인검을 하기 때문이다. 인검이란 여관에 숙박한 사람들의 인적사항을 체크하는 것인데 경찰이 인검을 나오면 자고 있는 사람까지 깨워서 신분증을 확인하기 때문에 정우의 경우 여관에서 숙박한다는 것은 '나를 잡아 가시오' 라고 드러내는 것과 같았다.

정우가 영등포행 기차를 타는 이유는 바로 이러한 문제를 해결할 수 있었기 때문이다. 영등포행 기차는 밤을 새워 달리는 기차였다. 영등포역에 도착하면 다음날 아침이 되기 때문에 밤 동안을 기차에서 보낼 수 있었다. 정우가 탄 기차는 완행열차였다. 기차 안에는 온갖 사람들이 다 있었다. 살벌한 세상이지만 서민은 자신과 가족의 생계를 하루도 멈출 수가 없었기 때문에, 대부분이 시골에서 농사를 지은 농산물을 한 보따리씩 가지고 도시로 팔러 나가는 사람들이었다. 군데군데 역에 정차할 때마다 보따리를 맨 사람들이 내리고 새로운 사람들이 탔다. 정우는 앉을 자리가 없어 기차 칸이 연결되는 지점에 있는 빈 공간에 신문지를 깔고 앉아 고개를 숙이고 꾸벅 꾸벅 졸며 밤을 새웠다.

밤새 달리는 기차 속에서 먼동이 터오자 영등포행 완행열차는 정우에게 색다른 풍경을 보여 주었다. 잠을 잤다기보다는 밤새워 졸다가 일어난 정우는 철로 변으로 지나가는 도시의 풍경이 어색하였다. 수원역을 지나자 황토 흙으로 범벅이 되어 파헤쳐진 도로와 군데군데 깎여 나간 산들이 허옇게 살을 드러내고 있었다. 주변에 널려진 자재도구가 제멋대로 뒹굴고 있고 각종 쓰레기더미가 곳곳에 산처럼 쌓여 있었다. 온통 쓰레기장이었다. 다리를 놓다가 만 듯한 교각들이 서 있고 주변 경관과는 아무런 관계도 없이 어색하게 지그재그로 걸쳐 있는 고가차도가 중간중간에 끊겨 하늘 높이 서 있었다. 시멘트로 떡칠을 한 듯 온 도시가 회색빛으로 흩어져 있었다.

정우가 영등포역까지 오는 내내 본 풍경이었다. 일반적으로 생각할 수 있는 모습, 집이 있고 뒷산이 있고 집 앞으로 강이 흐르고 집 앞마당과 뒷마당을 잇는 담을 따라 잡초가 자라는 풍경이 아니었다. 아니면 시멘트 블록으로라도 담을 쌓고, 집 앞으로 도로가 나 있고, 집 뒤로는 차곡차곡 동네가 들어서고, 흙길이 아니라 하더라도, 시멘트 길을 따라 마을이 들어서 있는 모습도 아니었다.

쭉쭉 뻗어 나가는 길을 따라 그 앞에 놓여 있는 것이 산의 과수원이든 들판의 논이든 심지어 집 앞마당이든 상관없이 뚫고 지나가 버렸다. 하늘 높이 지나가는 고가차도 밑에는 오래

된 집들이 불안하게 서 있었다.

정우는 한국에 살면서도 대전 이북으로 올라와 본 적이 별로 없었다. 서울 나들이는 두 번 정도 했는데, 고등학교에 다닐 때 수학여행을 서울로 다녀간 적이 한 번 있었고 지난해 10월 16일 부마항쟁이 일어나면서 서울 쪽으로 피신을 온 적이 있었다. 그때는 주위를 돌아볼 경황이 없었는데 지금은 도망자의 신분인데도 오히려 시간이 많은 탓인지 주변의 모습이 눈에 들어왔다.

정우는 공사판 현장에 온 듯한 느낌을 가지고 영등포역에 내렸다. 이곳에 정우가 아는 사람은 아무도 없었다.

'이제 어쩌나?'

정우는 영등포역 주위를 서성거리며 이후 할 일을 생각하였다. 영등포역 주위는 계엄군이 지키고 있는 살벌한 분위기는 마찬가지였지만 많은 사람들이 오가고 있어서 정우가 그 속에 묻혀 계엄군의 눈을 피하기에는 쉬워 보였다. 그러나 정우가 영등포에서 할 수 있는 일은 주변 식당에서 아침 국밥을 사먹고 기차역을 벗어나지 않는 범위 내에서 주위를 배회하는 일 말고는 없었다.

'왜 서울로 왔지?'

정우는 스스로에게 질문을 했다. 정우는 서울로 오기까지 정말 아무 생각이 없었다. 부산을 벗어나야 한다는 생각뿐이었다.

'그렇다면 그 생각 속에 서울이 아니라 대전이나 전주나 춘천이라는 생각은 왜 없었을까?'

여기까지 생각이 미치자 정우는 결국 갈 데가 없었다는 판단을 하였다. 서울로 온 것은 갈 데가 없었기 때문이었다. 대부분의 사람들이 서울로 가기를 원하는데, 막상 서울로 온 정우는, 갈 데가 없어서 서울로 왔던 것이다. 결국 정우가 내딛었던 발걸음은 서울로 향한 것이 아니라 서울로 가기까지의 시간을 향한 것이었다. 정우는 하룻밤을 지새울 시간이 필요했던 것이다. 그래서 서울이 정우에게 주는 의미는 그 시간을 만들기 위한 수단일 뿐이었다. 그렇다면 이제부터 정우는 하룻밤 동안의 시간을 만들 수 있다면 어디든지 방향을 잡을 수 있다는 생각에 도달한 것이다.

정우는 영등포역에서 기차 시간표를 알아보았다. 호남선은 위험했다. 광주지역으로 내려가는 교통편은 검문이 심하다는 것을 정우는 잘 알고 있었다. 정우는 주로 경부선을 이용하면서 동해남부선과 경전선을 이용하여 밤 열차를 타는 방안을 알아보기로 했다. 그렇게 정우는 세 번째 서울 방문을 뒤로하고 기차여행을 시작했다.

그리고 며칠 밤을 내리 기차만 타고 다녔다. 정말 한심한 정우였다. 그러나 계엄군에 대한 두려움과 긴장감 속에 갈 데가 없는 정우로서는 이 방법 말고는 다른 방법을 생각할 여유가 없었다. 결국 기차 속의 소음과 불편 속에 더 이상 기차를 타기가 힘들어진 정우는 진주와 하동 사이에 있는 북천역에 잠시 내렸다. 정말 갈 곳이 없었다. 해가 진 들판으로 정우는 발걸음을 옮겼다.

'오늘 밤만은 기차에서 잘 수 없다.'

정우는 마음속으로 다짐했다. 밤 기차를 타며 정우는 제대로 잠을 자지 못하였다. 시끄러운 기차 소리 때문이기도 하지만 언제 들이닥칠지 모르는 계엄군의 검문이나 경찰의 감시망을 피하기 위한 방도를 생각하며 내내 불안한 마음으로 기차를 타야 했기 때문이다. 쉬지 않고 달리는 기차를 장기간 탄 탓인지, 기차를 내려 걷는 정우의 발걸음이 허공에 붕 뜬 느낌이었다.

해가 진 들판은 간혹 들려오는 새소리, 개구리 울음소리, 곤충들의 소리가 어우러지며 묘한 분위기를 만들고 있었다. 들판 끝 산기슭으로 엷은 진무가 끼여 있었다. 5월 말의 따뜻한 바람이 정우의 얼굴을 스쳐 갔다. 어스름해지는 넓은 들판에 정우는 혼자였다. 강둑을 따라 걷는 정우의 발길이 정처 없었다. 달이 밝았다. 보름달인 듯 둥그렇게 떠 있는 달빛 아래로 정우는 홀로 섰다.

'이렇게 한심한 일이 있는가?'

정우는 지금 자신의 모습을 생각하며 쓴웃음을 지었다. 그 쓴웃음과 함께 '지금 내가 무얼 하고 있는가?' 라는 생각에 정우는 스스로에게 화가 났다. 무작정 부산을 벗어나야 한다는 생각만 한 정우였다. 그리고는 아무런 계획이 없었다. 지금까지 정우는 자신의 몸뚱이를 피할 궁리만 했던 것이다.

'도망가는 것이 가장 상책이지만 그 상책만으로는 상책이 아니다. 그 하책인 모든 계책을 만들어 공격하는 것까지를 시도해 본 후에야 상책이라고 할 수 있지 않은가?'

굳이 손자병법을 떠올리지 않더라도, 정우는 도망을 다니기 위해서라도 도망을 하기까지의 준비가 필요한 것인데, 그것을 거의 준비하지 못했다는 것을 깨닫게 되었다. 정우는 또한 단순히 도망만 다닌다면 지금까지 정우의 행동은 아무런 의미도 가질 수 없다는 생각을 하게 되었다.

'그래, 이 순간들을 나의 시간으로 만들어야 한다.'

정우는 자신을 정리할 수 있는 시간을 갖기로 하였다. 그러기 위해서는 안정된 공간이 필요했다. 머물 곳을 찾아야 하였다. 여기까지 생각을 한 정우는 들판 가운데를 가로지르는 둑길 옆 풀밭에 비스듬히 기대어 앉았다.

풀벌레 소리가 향기로웠다. 시골에서 자란 정우는 냄새로 계절을 느끼곤 했다. 꽃 냄새와 풀 냄새와 흙냄새와 나무 냄새 등 정우 주변의 모든 것에서는 냄새가 났다. 그리고 그 냄새는 바람을 타고 정우의 머리를 더듬기도 하고 귀를 간질이기도 하면서 스쳐 갔다. 정우의 코끝으로 냄새가 스쳐 가면 정우의 가슴은 터질 것처럼 부풀어 올랐다. 그 가슴속으로 냄새가 녹아들면 냄새는 코가 아니라 정우의 입으로 목으로 가슴으로 그래서 정우의 온몸으로 젖어들었다.

그리고 정우는 바람 냄새와 물 냄새와 햇빛 냄새와, 구름 냄새와 파란 하늘 냄새와 새들의 지저귀는 냄새와, 낮과 밤의 냄새와 정우의 집에서 키우는 소와 돼지와 닭의 꿈꾸는 냄새까지 느꼈다. 그 냄새는 향기로웠다. 그 향기로운 냄새를 정우는 모두 알고 있었다. '향기로운 냄새'로 표현되는 그 한마디의 단어 속에 수십 가지의 냄새, 수백 수천 가지의 냄새가 들어 있었다.

정우는 오랜만에 어린 시절을 떠올렸다. 어스름한 달밤에 피어 있는 강둑의 들꽃들이 꿈꾸는 듯한 빛을 발할 때 어린 정우는 하염없이 그것을 바라보곤 하였다. 특히 비스듬하게 기울어져 가는 달빛을 받아 은은한 빛을 발하는 손톱만 한 크기의 야생 들꽃은 눈이 부셨다. 강둑길을 따라 지천으로 피어나 끝도 없이 이어지는 야생 들꽃은 달빛을 받아 하얗다 못해 시리도록 파랗게 색을 내뿜었다. 그 들꽃 위를 안개처럼 감싸는 달빛들이 춤을 추기도 했다. 은은하게 비쳐드는 달빛이 넘실넘실 춤을 출 때면 어린 정우는 그 빛을 따라 함께 춤을 추곤 하였다. 그 달빛 냄새를 정우는 잊을 수 없었다. 정우는 풀벌레 소리의 향기를 맡으며 결단을 내렸다.

'산으로 가자.'

정우는 진주에서 고등학교를 다녔다. 정우가 자란 곳은 진주 부근 가난한 농촌 시골마을이었다. 중학교까지를 시골에서 졸업하고 입시시험을 거쳐 고등학교에 입학한 정우는 처음으로 도시에서 유학을 했던 셈이다. 고등학교 생활의 기억은 공부한 것 말고는 거의 없었다. 다만 지리산이 가까이 있어 친구들과 한 번씩 등산을 가곤 하였다. 서너 번 정도의 등반이었지만 주로 숨은 계곡을 찾아다녔다. 그래서 지리산을 어느 정도 안다고 할 정도의 지리 감각은 갖고 있는 상태였다.

밤이 꽤 깊어 갔다. 달이 너무나 밝았다. 그야말로 휘영청 밝은 달밤이었다. 저 멀리 동네의 불빛도 모두 꺼져 버려 어둑한 자태만 보이고 있었다.

'달빛의 밝기는 햇빛과는 전혀 다른 성질을 가지고 있어. 달빛이 아무리 밝아도 눈에 보이는 사물의 형태는 무언가 하얀 수증기를 뿌려 놓은 듯 희미한 영상으로 다가오지. 특히 거리가 멀어질수록 뿌연 영상은 그 형태를 유지하나 더 이상 자신의 모습을 드러내지 않는, 무언가 수줍은 듯 자신을 감추는 듯 보는 이의 시야를 밀어내 버려. 그 분위기가 신비로움을 더하지.'

들판 너머 흐릿한 동네를 바라보며 정우는 달빛의 밝기를 정의하듯 혼잣말을 중얼거렸다. 그리고 그 신비로운 달밤에 정우는 강둑 옆 풀숲의 움푹 파인 곳에서 노숙을 하기로 하였다.

처음에 정우는 갈 데가 없었다. 정처 없이 내디딘 발길이 이곳이었다. 깊은 밤, 달밤에, 한적한 들판 한가운데에서 홀로 앉은 정우가 이제는 갈 곳을 정하였다. 깜박 잠이 들었던 정우는 새벽의 차가운 공기에 한기를 느끼며 웅크린 몸을 추스르고 일어났다. 이른 새벽에 공허한 들판에 홀로 있는 모습은 좋지 않기 때문에 정우는 빠른 걸음으로 들판을 벗어나 북촌역으로 가서 기차 시간을 확인하였다. 하동으로 출발하는 기차가 2시간 뒤에 있었다.

지리산

“방 있습니까?”

하동 쌍계사를 지나 신흥 동네를 거쳐 범왕리 계곡 속 칠불암 쪽으로 한참 올라온 곳에 민박집이 몇 채 있었다. 정우는 그중 계곡 부근에 있는 집으로 들어가 주인아주머니께 인사를 하며 물었다.

“얼마나 묵을 낀데예?”

주인아주머니가 정우를 아래위로 훑어보며 말했다. 정우의 옷차림이 조금 애매하였다. 점퍼와 면바지를 입고 운동화를 신었으나 등산을 하기에는 누가 보더라도 그 준비가 부족한 모습이었다. 정우가 매고 있는 가방도 등산 가방이 아니라 학생용 책가방처럼 보였다. 물론 그 속에는 정우의 옷가지와 공책 몇 권이 들어 있었을 뿐이다.

“한 일주일 정도 있을 겁니다.”

정우가 쭈빗거리며 말하다가 급하게 덧붙였다.

“고시공부도 하고 머리 좀 식히러 왔심더.”

그제야 주인아주머니가 좋아하는 표정을 지었다. 아직 학생들의 방학이나 휴가철이 아니라서 방이 여러 개 비어 있었는데 정우가 일주일 동안 지낸다고 하니 주인아주머니로서는 방값을 받을 수 있기 때문인 것 같았다. 정우는 아예 일주일치 방값을 선불로 지급하고 주인아주머니가 안내하는 방으로 들어갔다.

정우는 지리산으로 들어오면서 하동에서 버너와 코펠을 구입하여 준비해 왔다. 쌀과 라면, 장아찌 등 기본 식량은 준비해 왔기 때문에 일주일 동안은 충분히 지낼 수 있었다. 나머지 부족한 것은 주인아주머니를 통해 해결할 수 있을 것이라고 생각했다.

방이 따뜻했다. 늦봄인데도 산속이라 그런지 밤에는 기온이 뚝 떨어졌다. 정우는 푹신한 이불을 덮고 긴장한 몸을 풀었다. 오랜만에 느껴보는 편안함이었다.

정우는 며칠 간 방 속에 틀어박혀 지냈다. 이것저것 생각할 것이 많았다. 때가 되면 밥을 해 먹고 아주머니가 건네주는 밑반찬을 한 번씩 얻어먹으며 지냈다. 낮잠을 자기도 하고 밤늦도록 별을 보며 새벽까지 깨어 있기도 했다.

며칠 후 정우는 계곡을 따라 오르며 칠불암으로 향하였다. 거의 1시간 이상을 걸어 올라온 것 같은데도 길은 끝나지 않고 이어졌다. 계곡이 거의 끝나갈 무렵, 거의 직선으로 구불거리며 올라가던 오르막길이 왼쪽으로 꺾여 휘어지며 평지처럼 오솔길이 나타났다.

그 오솔길을 한참 돌아 걸으니 허름한 암자가 보였다. 낡은 기와와 햇볕에 바랜 나무기둥 색깔이 오래된 절임을 알게 해 주었다.

절 아래 정우가 머물고 있는 집 주인아주머니는 천 년이 넘은 절이라고 자랑이 대단했다. 그리고 이 절에는 오랜 옛날부터 아자방이라는 구들이 있어 추운 겨울에도 스님들이 아궁이에 삼 일 동안만 불을 때면 석 달 열흘 동안 따뜻한 온기가 남아 있어 추위 걱정을 하지 않아도 된다는 말을 해 주었다. 정우는 암자를 둘러보았다. 얼마 전에 새롭게 증축이 된 듯 새롭게 칠을 한 곳도 군데군데 눈에 띄었다. 시간이 여유로웠다.

정우는 그 여유를 빌미 삼아 암자를 구석구석 돌아보았다.

"보살님, 공양차 한잔 하시지요."

무심한 듯 암자 마루에 앉아 계시던 스님이 정우를 불렀다. 아까부터 암자를 구석구석 돌아보며 한참을 머물고 있는 정우가 눈에 띄었던 모양이다.

"네, 고맙습니다."

정우는 스님과 마루에 걸터앉아 차 한 잔을 공양받았다. 스님은 잔잔한 미소만 지을 뿐 아무런 말이 없었다. 정우도 차 한 잔을 공손하게 받쳐 들고 천천히 마시며 스님의 방을 건너다보았다. 마루 안쪽 방문이 열려 있고 그 방 안으로 책들이 가득 쌓여 있었다.

"책을 많이 읽으시네요."

정우가 한마디 하였다.

"네, 글을 좀 쓰고 있습니다."

스님이 조용하게 말하였다. 잠시 앉아 있던 스님이 일어나더니 방 안에서 책들을 가지고 나왔다. 불경을 번역하고 있는 듯한데, 온통 한문이라서 정우는 도통 알 수가 없었다. 스님이 정우에게 책자 하나를 건네었다.

"나중에 한 번 읽어 보시지요."

스님이 자필로 쓴 듯 한글로 되어 있었다. 정우는 전혀 생각지도 못한 스님의 선물을 받고 칠불암을 떠나 산 아래로 내려왔다. 아마도 스님은 정우가 모르는 어떤 인연을 생각하였던 모양이다. 정우로서는 알 수가 없는 일이지만 말이다. 사람과 사람 사이의 인연이 무엇인지, 억만 년이 넘는 윤회의 겁을 거듭하여도 만날까 말까 하는 사람 사이의 인연을 정우가 어찌 알 수 있겠는가?

정우는 스님으로부터 받은 책자를 읽어 보았다. 『잡보장경』이라는 불교경전인데 그중 일부를 번역한 내용이었다. 내용이 쉬워 보이는 글임에도 알 듯 말 듯 그 뜻이 오묘했다. 그 글들 중 한 부분이 눈에 띄었다. 부처님의 말씀이었다. 그러나 정우는 그야말로 속세에 물든 중생이었기에 자신이 읽고 싶은 글만을 고르듯 중간중간 읽어 보았다.

참기 어려움을 참는 것이 진실한 참음이고

누구나 참을 수 있는 것을 참는 것은 일상의 참음이다.

…….

강한 자 앞에서 참는 것은 두렵기 때문이고,

자기와 같은 사람 앞에서 참는 것은 싸우기 싫어서며,

자기보다 못한 사람 앞에서 참는 것이 진정한 참음이다.

정우가 생각하기에, '참음도 없고 화도 없는데 무엇을 참고 무엇에 화를 낸단 말인가?' 라고 말하면 괜한 투정일까, 라는 화두가 떠올랐다.

그러나 『잡보장경』의 내용을 정우가 모두 이해할 수는 없는 일이었다. 세상사에 묻혀 있는 정우가 '전두환을 용서할 수 없다'라며 데모를 주도한 것만 해도, 강한 자 앞에서 두려워하지 않고 앞장서 싸웠음으로 스스로에게는 떳떳하다는 자존감을 갖는 정도일 것이다. 그러나 그 의미도 불경의 의미에서 본다면 너무나 오묘해서 모를 일일 것이다.

비방과 칭찬 괴로움과 즐거움을 만나도

지혜로운 어진 사람은 흔들리지 않는다.

사실이 그러해서 욕을 먹으면

그것이 사실이니 성낼 것 없고,

사실이 아닌데도 욕을 먹으면

나와는 관계없는 일이 되는 것이니,

지혜로운 사람은 어느 때나
화를 내지 않는다.

이쯤에서 정우는 책을 내려놓았다. 『잡보장경』이 중생의 인연을 중시하여 사람들에게 복을 짓게 하고 계율을 지키도록 권한 경전이지만 정우에게는 너무나 힘든 일이었다. 설사 정우가 『잡보장경』의 내용을 이해하려는 의지를 갖는다고 하더라도, 그것은 현실적으로 불가능한 일이었다.

당장 눈앞에 닥쳐 있는 정우의 현실은 살얼음판 위를 걷는 불안한 상태였다. 언제 계엄군에게 체포당할지 모를 정도로 하루하루가 긴장의 연속이었다. 오히려 그렇기 때문에 이 글을 통하여 마음의 평온을 유지해야 한다는 역설이 있을 수도 있으나 정우에게는 촌음의 여유조차 없었다.

경전 중에 '지혜로운 삶'에 대한 내용이나 '무재칠시(無財七施)' 즉, 재물이 없어도 베풀 수 있는 일곱 가지 보시의 가르침에 이르러서는 정우는 책을 덮어 버렸다. 정우의 깨달음 수준에서는 다른 세상의 이야기였다.

그러나 한편, 그것은 정우에게 새로운 의문을 제기하는 것이기도 했다. 정우는 이해할 수 없으나 다른 사람도 그것을 이해할 수 없다고 말할 수는 없는 것이었기 때문이다.

그것은 정우가 자신의 할머니만 머릿속에 떠올려 보아도 금방 알 수가 있었다. 어릴 적 정우는 할머니가 새벽 일찍 우물에서 물을 길어 오는 것을 종종 보곤 했다. 집에서 제사를 지내거나 중요한 행사가 있으면 할머니는 그 물을 작은 그릇에 담아 부엌 아궁이 위 선반이나 장독대 위에 놓고 두 손을 모아 무언가를 기원하곤 하였다.

"웃는 얼굴에 침 안 뱉는다."

어린 정우의 머리를 쓰다듬으며 할머니는 말씀하였다.

"가는 말이 고와야 오는 말이 곱다."

어린 정우의 손바닥에 금방 떠 놓은 정화수 물을 한 방울 떨어뜨려 손바닥을 비벼 주다가 그 손바닥을 맞닿은 채로 꼬옥 잡는 할머니의 손길이 따뜻했다.

"네가 먼저 마음을 열거라. 부드러운 눈길도 먼저 주고, 항상 다른 사람의 마음을 헤아려야 한다. 양보하고 또 양보하고 돈이 없으면 힘든 일을 해서라도 도와 주거라."

그렇게 할머니는 어린 정우에게 한량없는 말들을 해 주었다. 한글도 모르는 정우의 할머니였지만 세상사에 대해서는 정우가 아는 한 모르는 게 없었다. 동네에 동냥 거지라도 오는 날에는 할머니 자신이 먹던 밥을 챙겨 주었고 헐벗은 동냥 거지에게는 자신이 가지고 있던 옷가지들을 챙겨 입혀 주기도 하였다.

정우의 아련한 기억 속에 할머니는 부처님이었다. 정우는 새삼스럽게 떠올려진 할머니에 대한 기억 속에 스님이 주신 경전의 내용이 할머니의 한량없는 말들과 어쩌면 같은 것일 거라는 생각을 하였다. 그리고 정우가 이곳 지리산으로 오게 된 것도 어떤 인연이 있었기 때문이 아닌가라는 생각도 들었다.

그러나 이 모든 생각들은 정우의 불안한 현재 상태를 반영하는 것일 수도 있는 거였다. 조금의 여유를 갖게 되었지만 정우의 현실은 변한 게 없었다. 조금이라도 방심한다면 정우는 계엄군에게 체포당할 것이고, 그것은 곧 정우가 하고자 하는 모든 일들을 물거품으로 만들어 버릴 것이다. 지리산으로 들어와 자신을 정리할 시간을 갖고자 하였지만, 정우는 아직 마음의 안정을 찾지 못하고 있었다. 서슬 퍼런 계엄군에게 쫓기고 있는 정우로서는 당연한 일이었다. 그만큼 정우는 지푸라기라도 잡으려는 심정으로 무언가에 의존하고자 하는 심정이 되어 있었다.

정우는 지리산에서 몇 주일을 더 지냈다. 거의 한 달을 산속에서 보낸 셈이다. 정우는 낮에는 계곡을 따라 오르내리며 시간을 보냈다. 밤에는 그동안의 생각을 정리하는 메모를 하였다. 일기는 쓰지 않았다. 계엄군에게 체포될 경우 정우의 행적이 드러나는 것을 방지하기 위한 대비책이었다. 그러나 정우가 조금 여유로운 날들을 보내며 생각을 정리한다고 하였지만 특별한 것이 있을 수는 없었다. 행동으로 구체화되지 않는 생각은 아무런 쓸모가 없기 때문이다. 더구나 산속에서 아무런 정보도 없이 혼자서 하는 생각은 공상에 불과하였다.

산속 생활이 한 달을 넘어가자 정우는 바깥세상 소식이 궁금해졌다. 그러나 전화연락을 할 수는 없었다. 정우가 알고 있는 대부분의 연락처는 모두 도청되고 있다고 생각해야 했다. 연락을 하려면 직접 만나는 방법 말고는 없었다. 정우는 일단 다시 부산으로 들어가 보기로 했다. 정우는 사건이 일어난 지 거의 두 달 정도가 지났기 때문에 자신에 대한 수사망이 느슨해졌을 것으로 판단했다. 산속 주인아주머니에게는 다시 오겠다는 인사말을 남겼으니까 상황이 여의치 않으면 언제든지 다시 산으로 돌아올 수 있다는 생각도 있었다.

다시, 부산으로

"옴마나, 정우 아이가?"

"숙아, 오랜만이네."

정우는 저녁 무렵에 온천동에 있는 숙의 집으로 찾아갔다.

숙은 정우와 고종사촌지간이었다. 그러나 촌수로만 그렇지 가까운 친척은 아니었다. 정우의 아버지가 4대 독자이기 때문에 정우 증조할아버지의 누이 혈연을 따라 맺어진 관계였다. 워낙 자손이 귀하고 친척이 없었기 때문에, 시골의 같은 동네에 살면서 가깝게 지내는 사이로 어릴 때부터 남다른 친척관계를 맺어 오고 있었다. 남이 본다면 먼 친척으로 이웃사촌 정도이지만 정우와 숙의 집안은 동네에서 유일한 친척이었던 셈이다.

숙은 정우와 나이가 동갑이었다. 정우가 어릴 당시 시골의 살림은 가난하기 그지없었고 대부분의 집이 끼니를 걱정하던 시기였다. 숙의 집도 살림이 어려워, 중학교에 진학하는 것은 꿈도 못 꾸고 초등학교를 졸업하자마자 부산에 있는 공장에 취직을 하기 위해 시골을 떠났던 것이다. 정우는 대학생이 되어 부산에 오기까지 숙과는 연락도 없었다가 부산에 오자마자 제일 먼저 찾았던 사람이 숙이였다. 숙은 어느새 결혼까지 하고 아이 하나를 낳은 아줌마가 되어 있었다.

숙의 남편은 숙이 다니고 있는 공장에서 만났다고 하였다. 숙은 남편과 함께 공장을 다니며 나름대로 생계를 잘 꾸려 나가고 있었다. 정우는 대학을 입학한 후 부모님이 이사를 오기 전까지 1년 정도를 혼자 생활하였기 때문에 특별히 갈 데가 없을 때에는 숙의 집을 친척이라는 명분을 가지고 자주 방문하였다. 남편은 숙보다 나이가 조금 많은 편으로 살이 조금 찌고 온화한 성격의 후덕한 사람이었다.

정우가 한 번씩 숙의 집을 방문할 때면 숙은 계란을 삶아 내어 놓았다. 계란을 한꺼번에 50여 개 정도를 삶는데, 손님을 접대하거나 배가 출출할 때 간식용으로 먹는 듯하였다. 숙이 커다란 바구니에 삶은 계란을 담아 오면 숙의 남편과 아이, 정우는 숙과 함께 빙 둘러앉아 계란을 까먹었다. 소금에 살짝 찍어 먹는 계란 맛은 노린내가 약간 나면서도 구수하였다. 한 사람이 보통 10개 정도를 먹어야 하는 분량이기 때문에 계란을 다 먹을 때쯤이면 입에서 닭똥 냄새가 났다. 정우는 숙의 집을 다녀온 날이면 어김없이 배탈이 나곤 하였지만, 비록 좁은 방이라고 할지라도 백열등 불빛 아래 정다운 가족이 함께 둘러앉아 계란을 까먹는 풍경이 좋아 자주 들르곤 하였다.

정우는 부산으로 돌아오며 숙의 집을 찾아가기로 하였다.

정우가 맺고 있는 대학생 신분의 사람들과는 전혀 관계가 없고, 정우와는 가까운 사이지만, 외부에서 볼 때는 먼 친척뻘이기 때문에 수사망으로부터는 벗어나 있을 것으로 판단하였기 때문이다.

"걱정 말고 우리 집에 있거라."

숙은 남편과 의논을 하며 정우에게 말하였다. 숙도 정우의 사정은 어느 정도 알고 있었다. 대학생들이 데모를 하고 경찰과 계엄군에 쫓기고 있다는 것은 잘 알고 있었고, 정우의 소식도 알고 있었다.

"당분간만 신세 좀 지겠습니다."

정우는 숙의 남편에게 고맙다는 인사를 하였다. 숙의 집은 단칸방이었다. 온천장 부근에 있는 셋방인데 단독주택에 붙어 있는 방 한 칸을 세 들어 살고 있었다. 숙의 셋방은 깨끗한 외양을 갖춘 슬래브 2층 집 바깥쪽에 있었고 출입문도 별도로 되어 있어 자유로웠다.

정우는 숙의 다락방을 사용하기로 했다. 다락방은 방 안 천정에 있었다. 방 안으로 들어가면 방 귀퉁이에 나무사다리가 놓여 있었고 그 사다리를 올라가면 천정에 네모난 구멍이 뚫려 있어 그곳으로 올라가면 되었다. 다락방은 정우의 앉은 키 정도의 공간 높이였다. 방 천정을 다락방으로 사용하는 셈이었다.

아마도 단칸방 세를 주면서 창고용으로 만든 것인데 숙이

네는 그곳을 방으로 사용하고 있었다. 친지나 가까운 사람들이 방문할 경우 숙소 대용으로 사용하고 있는 것이다. 어렵게 생활하는 서민들의 지혜였다. 다락방은 정우가 잠을 자거나 앉아서 생활하는 데는 지장이 없었다. 결국 정우는 숙의 집 안방의 천정에서 생활을 하게 된 셈이다.

"불편할 낀데."

"괜찮습니더. 우리 어릴 적에는 더 험한 곳에서도 살았습니더."

"그래도 대학생인데."

"우짭니꺼. 이렇게라도 도와야지예."

숙과 숙의 남편이 소곤거리는 말이 들려왔다. 천정이라 그런지 아래에서 일어나는 아주 작은 소리도 분명하게 들렸다. 작은 방 안에서 울리는 소리는 외부로 흩어지지 않고 벽에 반사되어 울리면서 소리를 키우기 때문인데 숙은 아는지 모르는지 자기의 남편과 자신들의 이야기를 한 번씩 주고받았고 그러한 이야기는 고스란히 정우에게 들려왔다.

"초가삼간 알지예?"

"그라모 알지."

"시골집 겨울밤이 얼매나 춥습니꺼. 그 추운 밤에는 온 식구가 한 방에서 잠을 안 잤습니꺼. 코딱지만 한 방에 아이들 네댓 명을 방 안쪽으로 눕히고 어무이하고 아부지는 문 쪽에 누워서 찢어진 창호지 사이로 들어오는 바깥의 찬바람이라도 막아 볼 요량이었지만 그게 어데 그리 됩니꺼. 외풍이 세서 이불 밖으로 머리를 내밀고 숨을 내쉬면 허연 김이 나왔지예. 지금 우리가 살고 있는 도시집하고는 비교도 못 하지예."

숙이 하는 이야기는 주로 자신의 어린 시절 어려웠던 시골집 이야기였다. 숙의 남편은 그런 숙의 이야기를 잘 들어주고 있었다. 정우가 다락방에 온 첫날, 숙의 남편이 정우에 대한 걱정을 한 것 외에 그들의 이야기에 정우가 소재로 등장하는 일은 없었다.

숙은 다락방에서 정우가 지내는 동안 일절 간섭을 하지 않았다. 정우는 그런 숙과 숙의 남편이 고마웠다. 또한 결혼한 지 몇 년이 지났다 하더라도 아직은 신혼일 것인데, 남의 신혼집 단칸방에 외간 남자가 들어와 사는 꼴인데도 숙의 남편은 별로 개의치 않았다. 정우를 믿는 마음도 있겠지만 그동안 정우와 만나면서 들었던 이야기들 속에 대학생들의 정의감과 이 시대에 대한 문제의식에 대해 공감을 한 것으로 보였다. 일단 안전하게 머물 곳을 마련한 정우는 동료들과의 연락을 모색했다.

정씨 아저씨와 정우

“몸은 괜찮나?”

부산에 온 지 며칠 만에 어렵게 만난 선배가 만나자마자 정우에게 물었다. 정우는 선배를 통해 그간의 사정을 대충 듣게 되었다. 경찰이 정우를 잡기 위해 혈안이 되어 있다는 소식이었다. 별도의 수사팀까지 구성하여 정우를 찾고 있다고 하였다. 그 수사팀은 물론 경찰과 계엄군이 합동작전을 펴는 팀일 것이다. 정우와 조금이라도 관계가 있는 사람은 모조리 감시 대상이 되어 있다고 하였다.

“우선 네가 있는 집을 옮기자.”

선배는 지금 정우가 묵고 있는 곳도 안전하지 못하다는 판단을 한 모양이다. 정우는 일단 선배의 뜻에 따르기로 하고, 옮길 곳을 구할 때까지 위험하지만 당장은 갈 곳이 없었기 때문에 숙의 집에서 조심스럽게 지내기로 하였다.

정우는 다시 불안해졌다. 선배를 만나기 전의 정우는, 부산 상황이 궁금하기도 했지만 자신의 몸 하나 정도는 숨길 수가 있겠다는 자신을 하고 있었다. 더구나 정우는 숨어 다니면서 이전에 자신이 맡고 있었던 학생조직활동을 하고자 하는 의지까지도 있었다. 그러나 선배를 만나고 난 후의 정우는 다시 부산을 떠나든지 새로운 도피처를 찾아야 할 정도로 자신의 상황이 안 좋다는 것을 알게 된 것이다.

정우는 길을 걸으면서도 조심스러웠다. 정우를 스쳐 지나가는 사람들 모두가 거의 형사처럼 보였다. 길을 걷다 가도 앞쪽에서 오는 남자가 양복을 입었거나 머리가 짧거나 하면 정우는 곧바로 걸음을 왼쪽이나 오른쪽으로 옮겼다. 시내버스를 타고 가다가도 다음 정거장에서 낯선 남자가 타면 정우는 버스가 정차하자마자 곧바로 버스를 내렸다. 정우는 버릇처럼 주위를 살피며 조금이라도 분위기가 이상하면 그 장소를 벗어날 정도로 긴장을 하였던 것이다. 선배를 만나러 약속장소에 갔을 때도 그 장소 주위에 못 보던 행상이 있거나 주위를 서성거리는 낯선 사람이 있으면 정우는 그 장소를 벗어나 다시 약속을 정하여 선배를 만날 정도였다.

정우는 이러한 긴장감 속에 무료한 자신을 발견했다. 도망자 정우는 처음에 자신의 몸을 피할 궁리만 하였다. 그러다가 몸이 지쳐 피곤해지자 몸을 쉬며 머물 곳을 찾았다. 지금은 또 다시 그것을 반복하고 있었다. 정우는 숙의 집 다락방에서 선배와의 연락도 끊고 며칠을 보냈다.

'피하는 것만이 상책이 아니다. 이제부터 장기전을 준비해야 한다.'

정우는 지금처럼 누군가의 도움을 받는 방식으로 수배생활을 할 수는 없다는 생각을 했다. 직접 생활 속으로 들어가 스스로 일을 하면서 생활을 유지해 나가는 방법을 찾기로 했다. 다시 만난 선배와 함께 정우는 일자리를 찾아보기로 하였다.

"내가 아는 사람이 일하는 공사현장이 있는데 그곳에 한 번 가 보자."

얼마 후 선배가 정우를 만나 의논을 하였다. 정우는 숙의 집을 나와 선배가 알아본 공사현장으로 갔다. 정우가 선배를 따라간 곳은 부산역 뒤의 부두도로 확장공사장이었다.

부산은 도로가 좁아 교통사정이 좋지 않았다. 해안가를 따라 길게 도시가 형성되다 보니까 부산역 앞을 지나는 중앙도로를 지나지 않고서는 시내중심지인 남포동으로 갈 수도 없고, 외지로 빠져나가는 큰 길도 중앙도로밖에는 없었다. 그래서 길을 하나 더 만드는데, 부둣가 공사장은 부산역 뒤 부둣가 바다를 매립하여 만든 부두도로를 확장하는 공사를 하고 있는 곳이었다. 중앙도로와 평행하여 부두도로가 있는데 이 도로를 확장하면 큰 도로가 하나 더 생기는 셈이었다. 정우는 그곳에서 선배가 아는 사람의 소개로 일을 하게 된 것이다.

정우가 하는 일은 도로 옆의 가로등을 세우는 일이었다. 가로등을 세우기 위해서는 도로 옆에 구덩이를 파고 가로등을 세울 기둥을 넣고 시멘트를 채우면 되었다. 정우는 삽과 곡괭이로 하루 종일 구덩이를 파고 시멘트를 부으며 작업을 하였다. 도로가 어느 정도 만들어진 곳에는 차도와 인도 사이의 보도 턱을 대리석으로 기다랗게 까는 작업을 하기도 하였다. 정우는 부두도로 부근에 세워진 함바에서 잠자리와 식사를 해결하였다. 함바는 공사현장의 인부들을 위해 임시로 만든 간이 건물이었다. 구조는 매우 간단해서 잠을 자는 곳은 커다란 마룻바닥에 담요를 깔고 덮으면 잠자리가 되었고, 귀퉁이 작은 공간에서 세면과 식사를 하면 되었다. 물론 식당 아주머니들이 밥을 해 주었기 때문에 식사에는 큰 불편이 없었다.

정우는 하루 종일 일을 하고 저녁에 잠자리에 누우면 온몸이 뻐근하게 아팠지만 무작정 도망만 다니던 생활과는 다르게, 오히려 이러한 고통이 마음을 즐겁게 하였다. 힘든 노동 뒤에 오는 어떤 성취감이라고나 할까, 자신에 대한 책임을 다한 것 같은 만족감을 정우는 느꼈다.

"김 군아, 여기 시멘트 좀 가져와라."

함께 일하는 정씨 아저씨가 기둥을 세우며 정우를 불렀다.

정우는 공사현장에 취직을 하면서 가명을 썼다. '김철민'이라는 후배이름을 빌려 신분증과 서류를 제출하고 취직을 했던 것이다. 물론 형식적인 절차였기 때문에 정우의 신분을 확인하는 별다른 과정 없이 취직하는 데는 아무런 어려움이 없었다. 정우가 시멘트를 가져와 붓자 정씨 아저씨는 기둥을 고정하고 다음 장소로 이동했다. 정우는 정씨 아저씨와 한 조가 되어 작업을 하였다. 정씨 아저씨는 정우와 함께 일하면서 자신의 이야기를 종종 하였다.

"나, 이 일만 10년이 넘었어."

정씨 아저씨는 40대 중반의 나이였다. 고향이 전라도인데 고향에는 부인과 아이들이 있다고 했다.

"이놈의 세월이 무정한 겨."

객지생활만 10년을 넘게 하고 있는 정씨 아저씨는 나이보다 늙어 보였다. 한 번씩 깊게 패인 얼굴의 주름살 위로 하얀 담배연기를 내뿜으며 정씨 아저씨는 혼잣말을 내뱉었다.

"왜 고향으로 안 가세요?"

"그럴 만한 사정이 있어."

정우는 잠시 말을 멈추었다. 그럴 만한 사정이 뭐냐고 묻고 싶으나 괜한 관심을 보이고 싶지 않았다.

"그때는 내가 세상 물정을 잘 몰랐지."

정우가 묻지도 않았는데 정씨 아저씨는 자신의 이야기를 했다.

"나도 한때는 농사꾼이었어."

여름 햇살이 따갑게 내리비쳤다. 정씨 아저씨는 한낮의 더위를 피해 잠시 나무그늘 아래서 쉬며 정우에게 말했다.

"그날도 오늘처럼 더웠지."

담배를 다시 하나 꼬나물며 정씨 아저씨는 먼 하늘을 바라보며 말했다.

"아, 그놈의 지주가 소작료를 올려 달라는 거여. 쬐끄만 땅

뙈기 하나 빌려줘 놓고 달라는 것은 뭐가 그리 많은지, 사시사계절을 가만두지 않는 거여."

한꺼번에 쏟아내 버린 말들을 다시 되새기는 듯 정씨 아저씨가 담배 연기를 길게 내뿜었다. 정씨 아저씨는 고향에서 농사를 지었는데 지주의 땅을 빌려 붙이는 소작농이었다. 소작농은 남의 땅을 빌려 경작하는 대신 그 땅에서 생산되는 농작물을 지주와 나누었다. 보통 반반씩 나누는 게 관례인데 악덕 지주의 경우 4분의 3 이상을 자신이 가져가기도 하고, 지주 자신의 집안일 대소사에 소작농 가족을 하인 부리듯이 하기도 하였다. 특히 집이 멀리 떨어져 있거나 가난한 소작농의 경우 지주의 집에서 숙식을 하며 소작을 붙이는 경우가 있는데 일종의 머슴으로 허드렛일을 도맡아 하기도 하였다.

"내가 참았어야 했는디."

정씨 아저씨는 그날을 회상하며 한숨을 내쉬었다.

그날 정씨 아저씨는 지주에게 달려들었고 지주는 정씨 아저씨가 휘두르는 주먹에 코를 맞아 코뼈가 부러지는 중상을 입고 병원에 입원하면서 정씨 아저씨를 경찰에 고소를 해 버렸던 것이다. 정씨 아저씨는 그날로 야반도주를 하여 지금까지 공사판을 전전하며 지내고 있었다.

"가족은 어떻게 지내세요?"

"한 번씩 연락은 하제. 내가 돈을 조금씩 전해 주기도 하고. 그럭저럭 먹고는 살아."

"가족을 부산으로 데려 오시면 안 되나요?"

"그래도 고향인디, 고향을 떠날 수는 없지."

정우는 이 시대 아버지들이 갖는 애환을 생각해 보았다. 정우의 아버지도 그랬다. 자식들의 공부를 위해서 온 가족이 부산으로 이사를 했지만 시골에 남아 있는 집과 논밭은 그대로 두고 있었다. 언젠가는 고향으로 돌아가신다는 생각에서였다.

1970년부터 시작된 '새마을운동'은 농촌 주민의 뜻과는 다르게 관 주도로 진행되는 경우가 많았다. 물론 무슨 일이든지 시작 단계에서는 누군가의 의도적인 행동이 중요한 계기로 작용할 것이지만 농촌에 부는 '새마을운동'은 좀 심한 편이었다. 정우가 살았던 시골에서도 '새마을운동' 이 시작되면서 많은 변화가 일어났다. 지붕 개량을 한다면서 초가지붕을 전부 슬레이트 지붕으로 바꾸어 버렸는데 정우는 그해 여름부터는 마루에서 낮잠을 자지 못하였다.

이전의 정우의 시골 초가집은 한여름 아무리 뙤약볕이 내리쪼여도 지붕 처마 밑으로만 들어가면 서늘한 바람이 일었다. 처마 밑에 어린 정우의 엉덩이만큼 높이에 걸쳐 있는 마룻바닥은 정우의 놀이터였다. 마룻바닥에 누워 처마 밑 삐죽삐죽 나온 초가지붕의 지푸라기 너머로 흘러가는 하얀 뭉게구름을 바라보며 정우는 낮잠을 즐기곤 하였다.

정우가 사는 시골은 넓은 들과 낮은 산으로 둘러싸인 전형적인 농촌 시골마을이었다. 집 앞마당을 빙 둘러싸고 있는 담장 울타리에는 짚으로 이은 담장지붕이 용처럼 기다랗게 꿈틀거리며 얹혀 있었다. 담장 울타리 벽은 황토 흙과 중간중간에 돌멩이를 끼워 넣어 비나 눈이 올 경우 담장에 물이 스며들지 않게 만들어져 있었다.

마을에서는 가을 추수가 끝나면 늦가을 차가운 바람이 불어올 때쯤 초가지붕에 볏짚으로 초가를 덧씌우는 지붕 잇기 품앗이를 하였다. 초가지붕은 일 년이 지나면 노랗던 색깔이 회색빛으로 닳거나 빗물이 들어가 물기가 고인 곳은 까맣게 썩었다. 이것을 걷어 내고 새로운 볏짚으로 엮은 노란 초가지붕으로 다시 잇는데, 이때는 온 동네 사람들이 모여 함께 작업을 하였다. 그렇게 이어진 초가지붕은 어린 정우에게 언제나 포근한 보금자리였다.

시골 초가집은 정우의 할아버지가 직접 지은 것이었다. 작은방 3칸에 부엌이 하나 딸려 있는 그야말로 초가삼간이었다. 집을 받치고 있는 나무기둥들은 그런대로 대패로 깎아 곧은 선을 그리고 있었다. 마루와 그 마루를 받치고 있는 나무기둥들도 모두 곧게 서 있었다.

그런데 마루에 누워 천정지붕을 바라보면 천정을 가로지르며 나선방향으로 걸쳐 있는 서까래는 어린 정우 다리 굵기만한 나무를 껍질만 벗겨 그대로 걸쳐 놓아 일직선으로 곧은 서까래는 한 개도 없었다. 그 서까래 밑에 집의 중심을 잡고 버팀목으로 걸쳐져 있는 대들보가 있었다. 대들보는 어린 정우가 양팔로 감싸 안아야 겨우 손끝이 닿을 정도로 굵었다. 그 대들보도 구불거리는 굵은 나무를 잘라 만들었는지 걸쳐져 있는 대들보의 중간부분이 아래로 약간 구부러져 있었다. 대들보의 옆면은 대패로 밀어 양쪽이 깨끗하게 깎여 있어 대들보의 정면 아래에서 보면 대들보가 일직선으로 곧게 걸쳐져 있는 것처럼 보였다.

정우의 놀이터 중 대들보의 약간 구부러진 부분이 가장 좋은 곳이었다. 마룻바닥에 책이나 배개를 쌓아 그것을 딛고 천정의 대들보로 올라가면 움푹 내려 앉은 대들보의 공간은 정우가 앉아 있기에 딱 좋았다. 그곳에 앉으면 꼭 소등에 탄 기분이었다. 대들보를 오르락내리락하며 어린 정우는 초가삼간 놀이터를 온몸으로 품었다.

그러나 슬레이트 지붕을 이은 이후 정우는 한여름 더운 열기가 그대로 밀려 들어오는 마루에서 더 이상 낮잠을 잘 수가 없게 된 것이다.

정우의 시골마을은 동네 어귀부터 마을로 들어오는 길을 따라 수십 년 된 느티나무가 숲처럼 심어져 있었다. 동네 밖에서 보면 숲나무에 가려 동네가 보이지 않을 정도였다. 그 숲을 지나 동네 밖으로 나오면 넓은 들판이 펼쳐졌다. 그 들판 가운데를 기찻길이 남북방향으로 가로지르고 있었다.

정우의 마을에서 바라볼 때, 들판 오른쪽 끝에서 왼쪽으로 가로지르는 철길은 낮은 들판에서 높은 산 쪽으로 비스듬하게 올라가는 오르막길로 되어 있었다.

간혹 기차가 시커먼 연기를 내뿜으며 힘겹게 오를 때면 정우보다 나이가 많은 동네 청년들은 기찻길을 달려가며 달리는 기차 뒤칸에 올라타기도 하고 오르막이 끝나는 지점에서 기차에서 뛰어내리는 장난을 치기도 하였다.

그 오르막이 끝나는 지점에 정우의 동네를 멀리 바라보며 흐르는 제법 넓은 개천이 하나 있었다. 그 개천은 기찻길을 통과하여 동쪽으로 흐르는데 그 개천 위로 기차가 지나가는 철제 다리가 놓여 있었다. 철제 다리를 기차공굴 다리라고도 하는데, 개천 양쪽에 시멘트로 높은 옹벽을 만들어 견고하게 철제 다리를 걸쳐 놓았는데, 멀리서 바라보면 기찻길이 길게 이어지다가 개천이 지나가는 철제 다리 부분에서 마치 굴처럼 뻥 뚫려 있어 기차공굴이라고 부르는 것 같았다.

어린 정우가 개천가에서 그 공굴 다리를 올려다보면 까마득하게 높아 보일 정도로 제법 높은 철제 다리가 놓여 있었다. 공굴 다리는 어른 키만 하게 아래쪽으로 철제 구조물이 얼키설키 만들어져 있어 기차가 지나가는 표면 밑으로는 빈 공간이 만들어져 있었다. 이 공간은 아이들이 그 속으로 들어가 기차가 지나가기를 기다리다가 기차가 지나가며 울리는 천둥 같은 소리에 귀를 막고 서로를 바라보며 장난을 치고 놀기도 하는 공간이었다. 정우도 동네 아이들과 같이 공굴 다리에서 놀다가 어른들에게 들켜 혼이 나기도 하였다.

공굴 다리 아래로 흐르는 개천은 제법 물이 많았다. 비가 온 다음날에는 소용돌이치며 흐르는 물길이 무서울 정도였다. 더운 여름날이면 정우는 동네 아이들과 함께 기차 공굴 다리 속으로 들어가 아래로 흐르는 물속으로 뛰어내리는 놀이를 하곤 하였다. 공굴 다리에서 뛰어내리면 개천물 속으로 떨어지기까지 한참을 공중에서 떨어지는 듯한 기분이 들었다. 그 짜릿한 기분이 좋아 아이들은 물놀이를 그만둘 때까지 공굴 다리를 오르락거렸다.

그 기차 공굴부터 정우의 동네까지 오솔길이 나 있었다. 마을로 들어가는 길인데, 그 길이가 수백 미터는 되었다. 동네사람들이 가까운 읍내 장터나 외지로 볼 일을 보러 갈 때면 반드시 이 길을 통과하여야 했다.

그 길은 길 양옆으로 벼농사를 짓는 논이 있어 길을 둑처럼 높여 만들어 놓았다. 오솔길은 구부정하게 휘며 S자 곡선을 그리면서 동네와 공굴을 이어 주었다. 길옆에는 버드나무가 군데군데 심어져 있었다. 어린 정우는 이 길이 좋았다. 리어카가 서로 비켜 지나갈 정도 넓이의 둑길에 길섶에는 잔디가 자라고 사람의 발길에 밟혀 시멘트보다도 더 단단한 흙길은 아무리 비가 와도 패이지 않았다. 멀리서 바라보면 동네로 굽이치며 둑길이 들어가면서 길쭉한 버드나무가 점점이 박혀 있는 모습이 그림 같았다.

그런데 어느 날인가 새마을운동을 한다면서 버드나무를 베어 버리더니 이 길을 불도저로 밀어 버리고 커다란 시멘트길을 직선으로 만들어 버린 것이다.

정우의 시골마을 이장은 이러한 '새마을운동'을 하면서 동네 사람들을 부역으로 동원하였다. 그때 정우의 아버지는 학교 선생을 하고 있었기 때문에 부역을 나갈 수가 없었다. 결국 정우 할머니가 부역을 대신 나갔는데 마을 이장이 정우 할머니의 부역을 인정할 수 없다며 정우네집에 벌금을 부과하는 사건이 발생했다.

아마도 마을 이장은 정우 아버지가 새마을운동에 부정적이고 지붕개량사업에도 제일 늦게 동참하는 등 정부정책에 비협조적이라는 생각을 하고 있던 참에, 나이가 많은 할머니가 부역을 나오니까 일을 제대로 못 한다는 이유를 들어 골탕을 먹이려고 생각을 했던 모양이다.

그러나 정우의 아버지 또한 호락호락한 사람이 아니어서 그날 저녁에 동네에서는 커다란 소동이 일어났다. 마을 이장이 정우네집에 벌금을 받으러 오자 정우 아버지는 호통을 치며 마을 이장을 나무랐다.

"이런 못된 놈이 있나. 아무리 연세가 많아도 부역을 했는데 부역을 하지 않았다고 하는 것이 말이 되는가?"

마을 이장은 정우의 아버지보다 나이가 적었다.

"어어, 저, 저……."

정우 아버지가 마을 이장을 호되게 나무라자 마을 이장은 말을 못 하고 더듬거리다가 억지를 부리듯이 말했다.

"이미 결정된 일이니까 벌금은 내야 합니다."

이장은 마을 운영위원회의 결정이라는 명분을 내세우며 끝까지 고집을 하였다. 정우 아버지는 화가 머리끝까지 나서 마을 이장의 멱살을 잡았다.

정우 아버지는 마을 이장의 행동이 형평성에도 위배된다고 생각하였다. 정우 마을에는 젊어서 남편을 잃고 혼자 살고 계시는 정우 할머니 연배의 할머니들이 몇 분 있었는데 이 할머니들도 당연히 부역을 나갔고, 정우 할머니 역시 다른 할머니들과 친구 삼아 부역을 나갔던 것이다. 정우 할머니의 부역을 인정할 수 없다면 다른 할머니의 부역도 인정하지 않아야 하는데, 마을 이장은 정우 할머니의 부역만 인정할 수 없다며 벌금을 부과했던 것이다. 마을 이장의 논리는 집안에 남자인 가장이 있는데 할머니를 부역으로 내보냈기 때문에 인정할 수 없다는 것이었다. 그렇지 않아도 그동안 쌓인 감정이 한꺼번에 폭발하면서 정우 아버지는 마을 이장을 번쩍 들어 내동댕이를 쳐 버렸던 것이다.

정우 아버지는 힘이 장사였다. 몸집도 거인에 가까울 정도로 커서 웬만한 장정 몇 명쯤은 혼자서 상대하고도 남을 정도였다. 그 일로 정우 아버지는 학교 출근도 못하고 며칠 동안 경찰서에 불려 다녔다. 마을 이장은 부러진 이빨 값과 타박상에 대한 치료 값으로 돈을 요구하였고 정우 아버지는 논을 팔아 합의금을 마련하여 사건은 종결되었다. 이후 아버지는 마을 이장을 사람으로 취급하지 않았고 마을 이장은 정우 아버지만 보면 슬금슬금 피하였다.

정우의 시골 마을은 그렇게 옛날 모습을 잃어버렸다. 풀밭길 사이로 버드나무가 점점이 박혀 있던 그림 같은 시골길은 허연 시멘트길이 되어 버렸고 정우가 더운 여름날 낮잠을 즐기던 초가지붕도 사라져 버렸다. 그래도 정우 아버지는 고향을 잊지 못하였다. 고향을 떠나온 뒤에도 일 년에 두 번 정도 명절날을 택해 고향에 있는 산소에 성묘도 가고 다 허물어져 버려 잡초만 무성한 시골집을 돌아보곤 하였다.

"김 군 고향은 어디인가?"

정씨 아저씨가 물었다.

"진줍니더."

정우 고향의 정확한 지명은 진양군 진성면이지만 워낙 벽촌이라 다른 사람들은 잘 모르기 때문에 고향 옆에 있는 진주시를 그냥 고향이라고 종종 말하는 편이었다.

"음, 진주라, 좋은 동네에서 살았구먼."

정씨 아저씨가 일어서며 삽을 챙겼다.

"자, 다음 구덩이로 이동해야제."

정우는 앞서 걸어가는 정씨 아저씨의 뒷모습을 바라보았다. 정우는 '도망자'라는 단어를 가만히 되뇌어 보았다. 정우 자신이 도망자이기 때문인지 정씨 아저씨의 처지가 남의 일 같지 않았다.

'10년이 넘게 도망자 생활을 하다니.'

마음속으로 정우는 자신을 돌아보았다. 정우는 정씨 아저씨의 말 속에서 도망자의 두려움 같은 것은 느끼지 못했다. 오히려 익숙한 손놀림과 당당한 발걸음으로 자신감을 드러내며 일하는 정씨 아저씨의 모습에서 그러한 삶 자체를 자신의 것으로 받아들이며 사는 숙명 같은 것을 느꼈다.

아무리 범법자라고 하여도 공소시효라는 것이 있다. 정씨 아저씨의 경우도 그의 행위에 대한 법적 공소시효가 있을 것이다. 정씨 아저씨도 이러한 내용을 모르지는 않을 것이고. 아마도 10년이 지난 지금 그 공소시효는 끝났을 것이다. 그런데도 고향으로 돌아가지 못하고 있는 것은 단지 법만의 문제가 아닐 것이라고 정우는 생각했다.

'자신이 살아온 날들을 반추해 보면서 또 새롭게 맞이해야 할 세월을 삶의 연속선상에 놓아 본다면, 지난 10년의 삶이 단절되거나 잃어버린 삶이 되어서는 안 되기 때문이 아닐까?'

물론 정씨 아저씨의 행위 자체에 대한 사회적 제도 속에서의 법적 판단을 제외하고서의 생각이지만 말이다. 정우는 자신 역시 정씨 아저씨와 다르지 않을 것이라는 생각을 했다. 지금 지나가는 순간순간이 정우의 삶의 단편이 되고 이러한 단편이 모여 세월이 되면, 정우 역시 지나간 삶의 연장선에서 새로운 삶의 연속성을 찾을 수밖에 없을 것이다. 그렇다면 정우가 보내는 현재의 시간은 정우의 미래를 만들어 나가는 시간이 되는 것이다.

정우는, '그렇다면 도망이란 것은 무엇인가?'라는 질문을 스스로에게 던져 보았다.

'누군가를 피하여 끊임없이 두려움에 떨며 숨어 다니는 것이 도망이라면 그 도망의 미래는 잡히느냐 잡히지 않느냐의 결과밖에는 없다. 반면에 도망 그 자체가 자신의 삶이고 그 삶 속에서 새로운 미래를 개척해 나간다면 그 도망의 미래는 잡히느냐 잡히지 않느냐에 상관없이 새로운 삶으로 자신의 미래를 이끄는 것이다.'

정우는 옆에 놓인 안전모를 머리에 썼다. 작업화의 끈을 바짝 조여 매며 청바지 작업복 밑단을 신발 속으로 단단히 조여 넣었다. 흙이 묻은 실장갑을 끼고 곡괭이를 어깨에 둘러매었다. 정우의 어깨가 제법 벌어졌다. 얇은 셔츠를 풀어헤친 가슴팍으로 굵은 땀방울이 흘러내렸다. 햇볕에 탄 구릿빛 얼굴이 강건했다. 앞서 걸어가는 정씨 아저씨의 걸음걸이를 따라 느릿하게 걷는 정우의 발걸음에 흐트러짐이 없었다.

4부

도망자 1.
이야기의 끝이자 시작

10월의 함성

10월 햇살이 따사로웠다. 하얀 구름이 간간이 흘러가며 땅바닥으로 긴 그림자를 몰고 갔다. 가을낙엽이 바람도 없는데 떨어져 길가에 살짝 내려앉았다.

"다들 괜찮나?"

"아직은 경찰이 잘 모르는 것 같다."

"무사히 빠져나갔겠지?"

"그래, 일단은 무사한 것 같다."

정우는 현구와 경호가 주고받는 속삭임을 들으며 조심스럽게 주위를 살폈다. 대학 도서관을 내려서면 앞쪽으로 본관 건물이 자리 잡고 있는데, 그 본관 건물 북쪽 옆으로 금정산 방향의 기다란 잔디길이 펼쳐져 있었다. 그 길가 잔디밭에서 정우는 현구와 함께 경호를 다급하게 만나고 있었다.

조금 전 오전 10시 도서관 앞 시위가 그만 무산되고 말았다. 진혁이가 시간에 쫓겨 50명도 채 모이지 않은 상황에서 시위를 선동하는 바람에, 주변에 있던 사복형사들이 대열 속으로 치고 들어오면서 시위가 실패해 버린 것이다. 다행히 진혁이는 몸을 피하여 잡히지는 않았다. 주위에 흩어져 있던 학생들 수가 100여 명 정도 되었는데 미처 대오를 갖추기도 전에 사복형사들이 들이닥쳤던 것이다. 물론 이러한 상황까지를 고려한 시위전술이 필요했는데, 시간이 잘 맞지 않았다.

사복형사들은 항상 학내에 상주하고 있었다. 조금이라도 이상한 분위기가 감지되면 즉각 출동하여 초반에 학생들의 움직임을 차단했다. 사복형사들이 상주하는 곳은 대학 본관 건물 1층 입구에 있기 때문에, 본관 주변으로 주요한 지점들에서 일어나는 학내 학생들의 동태를 파악하는 것이 매우 신속하였다. 학생들도 이러한 사복형사들의 움직임을 잘 알기 때문에 시위를 할 경우 사전에 철저하게 준비를 하는 편이었다. 최소한 1~2분 내에 학생들을 결집시켜 대오를 만들지 않으면 사복형사들에게 체포된다는 것을 잘 알고 있었다.

정우는 현구와 함께 며칠 전부터 시위장소를 사전답사하고 후배들과 다른 서클멤버들에게 비밀리에 시위장소로 모이도록 연락을 해 놓은 상태였다.

정우와 현구는 조금 전 실패한 진혁의 시위 외에, 얼마 전부터 시위를 준비하는 팀이 2개가 더 있다는 것을 알고 있었다. 현구를 통해 진혁과는 사전논의를 하고 있었고 다른 팀의 학생들과는 경호를 통해 일정을 조절하고 있었다. 그리고 진혁과 그중의 한 팀이 각각 오늘 오전 학내 곳곳에서 유인물을 뿌렸고 학생들에게 '오전 10시 도서관 앞으로 집결하자'라는 연락을 취했던 것이다. 그러나 유인물이 오전 10시가 거의 다 되어서야 뿌려졌고, 오전 10시에 시위를 선동할 무렵에는 이를 알고 모여든 학생들이 채 불어나기도 전이었다. 진혁이가 도서관 앞 잔디밭에서 유인물을 뿌리며 구호를 외치는 순간 '후다닥' 하며 사복형사들이 들이닥쳤고, 다행히 진혁이는 몸을 피하였으나 그 자리에 모여 있던 학생들의 대오가 순식간에 흩트려져 버렸던 것이다.

"아직 시작 안 했어요?"

뒤늦게 도착한 후배가 정우에게 물었다.

"벌써 끝났다."

정우의 말에 후배는 실망한 눈빛을 감추지 못하였다. 1~2분 내에 일어나는 시위의 순간을 놓친 도서관 앞 잔디밭은 아무 일도 없었던 것처럼 너무나 평온한 분위기가 되었다. 주변에는 사복형사들이 눈빛을 번뜩이며 주위를 살피고 있고 학생들은 아쉬워하면서도 주눅이 든 듯 각자 제 갈 길로 갈 수밖에 없었다.

당시 부산을 비롯한 지방대학 학생들은 서울 쪽에서 들려오는 학생시위 소식에 많은 관심을 가지고 있었다. 박정희 독재정부는 18년 동안 장기집권을 하면서 말로 표현할 수 없을 정도로 무단정치를 자행하고 있었다. 1972년 제정된 유신헌법은 이러한 박정희 독재정권의 장기집권을 더욱 공고히 하는 토대가 되었고, 이에 반대하는 야당정치인이나 학생들에 대해서는 범죄자로 몰아세우며 탄압을 하고 있었다.

그 수단이 바로 긴급조치였다. 긴급조치는 대통령에게 헌법의 효력까지 무력화시킬 수 있는 권한을 부여하는 비상시기 조치였다. 박정희 유신독재정부는 긴급조치 9호까지 발동하면서 국민을 공포정치로 몰아 나갔다. 특히 유언비어 날포죄는 아예 국민의 입과 귀를 막아 버리겠다는 발상이 아니고서는 만들어질 수 없는 말도 안 되는 법이었다. 대통령 직선제 폐지와 임기연장 및 연임제한의 철폐는 사실상 박정희 유신독재왕조를 만드는 것이었고, 국회 해산권과 법관 임면권까지 대통령에게 부여함으로써 민주공화제 국가가 아니라 박정희 일인 군주제로 만들어 버렸던 것이다.

1974년에는 두 가지 큰 사건이 있었다. 4월에 일어난 '2차 인혁당사건'과 8월 15일 영부인 육영수 저격사망사건이었다. 이 사건들이 일어나면서 박정희 유신독재정권의 만행은 더욱 뚜렷한 자기 최면성을 가지고 진행되었다.

'2차 인혁당사건'은 철저하게 허위 조작된 사건이었다. 사법부까지 나서서 이들을 유죄로 선고하면서 박정희 유신독재왕조를 옹호하였고 1975년 대법원에서 사형확정판결이 난 다음날 새벽, 가족도 모르게 인혁당 관련자 8명을 교수형으로 사형을 시켜 버렸던 것이다.

한편, 영부인 육영수가 총에 맞아 죽자 박정희는 자신의 딸

박근혜를 영부인 역할을 시키며 국가정치의 주요한 자리에 앉혔다. 이것은 겉보기에는 단순한 가족관계로 보일 수도 있으나 내용적으로는 민주주의와 입헌공화국이라는 근대사회의 새로운 국민주권 시대를 부정하는 일이었다. 자신의 딸이라는 사실관계만으로 국가정치의 주요업무를 맡긴다는 것이 말이 되는 것인지, 겨우 20대의 박근혜가 무엇을 알 것이며 안다고 하더라도 어떤 법적 근거가 있는 것인지, 국민은 안중에도 없이 무법, 탈법적으로 자행되는 박정희의 안하무인적인 태도는 국민의 가슴에 분노를 만들고도 남음이 있었다.

그야말로 무법천지에 박정희 왕조의 탄생이었다. 더구나 박정희에 대한 비도덕적인 소문들과 박근혜 등 대통령의 자식들이 벌이는 탈선들은 당시의 사회적 통념들을 벗어난 것들이었다. 조금이라도 제정신이 있는 사람이라면 이 나라에 산다는 것이 부끄러울 정도로 박정희 유신독재왕조의 수치스러움은 끝이 없었다.

대학생들이 이러한 박정희 유신독재정권에 반대하고 항거하는 것은 당연한 일이었고, 부산의 경우 아직 학생조직활동이 활발하지 못한 상황이었지만 마음속으로는 서울지역 학생들의 시위소식에 동조하고 있었던 것이다.

그런 시기에 학내에서 시위가 있을 것이라는 소식을 듣고 잔뜩 기대를 하고 있었는데, 시위가 실패했다는 소식이 전해지자 모두가 허탈해하며 자리를 뜨지 못하였다. 그리고 무언가 다른 소식을 기다리는 분위기가 만들어지고 있었다.

'이대로 끝낼 수는 없다.'

정우는 마음 한편으로 분노하면서 현구와 의논을 하고 후배들을 대기시켰다. 이미 도서관 앞에서의 시위는 실패하였기 때문에 더 이상 미련을 둘 수는 없었다. 정우는 현구로부터 진혁과는 또 다르게 시위를 준비하고 있었던 E학과 학생들에 대한 이야기를 듣고, 그렇다면 곧바로 다음날 시위를 다시 준비하기로 했다. 구체적인 내용은 각자의 역할분담으로 해결하기로 하였다.

그 준비의 첫 단계로 모인 것이 정우와 현구, 경호였다. 정우와 현구는 비공개서클의 조직동원과 역할분담에는 별다른 문제가 없었다. 지금이 오후니까 곧바로 연락을 취하면 오늘 저녁까지는 대부분 내일 시위에 관한 내용이 전달될 수 있었다.

문제는 학내공개서클이었다. 보안이 문제였다. 공개서클이기 때문에 비밀을 지키기에 취약하지만 학생 동원을 가장 많이 할 수 있어서 최대한 방법을 찾아야 했다. 그 역할을 현구와 경호가 맡기로 하였다.

'내일 다시 시위를 한다.'

'모두 같은 시간에 모인다.'

비밀리에 입과 입으로 소문이 퍼져 나갔다.

정우는 후배들에게 연락을 취하면서 '그러면 그렇지, 내일은 확실하게 해야지'라는 반응 속에 무언가 큰일이 일어날 것 같은 예감이 들었다. 정우가 맺고 있는 조직관계는 점조직으로 연결되어 있어 중요한 사항은 직접 정우의 연락을 통해 전달되게 되어 있었다. 저녁 늦게까지 만나는 사람마다 소식을 전달하거나, 연락을 취해 오면 전달하는 방식으로 연락을 취했다.

다음날 10월 16일 오전 10시, 정우는 도서관 앞 잔디밭에 후배들과 함께 학생들 속에 섞여 서 있었다. 어제의 일 때문인지 주위에는 사복형사들이 날카로운 눈짓을 하며 학생들을 살피고 있었다. 긴장감이 흘렀다. 정우의 가슴속으로 뜨거운 기운이 솟아올랐다. 아직 시작도 안 된 일이지만 이미 시작이 되어 버린 듯 모여든 학생들의 눈빛이 반짝이고 있었다.

정우는 어제 하루 종일 이리저리 뛰어다니며 연락을 취하고 학생들의 반응을 접하면서 왠지 모를 자신감이 생겨났다. 한 점 오차 없이 똑딱이며 흘러가는 시간 속에 무언가를 준비했던 정우의 머리 위로 가을 하늘이 푸르고 맑았다. 그 시간 속에 정우는 오히려 긴장된 분위기를 관망하는 마음의 여유까지 생겨났다.

정우가 서 있는 도서관은 앞쪽에서 바라보면 3미터 정도의 높이로 축대를 쌓은 것처럼 높여서 지어져 있었다. 그 축대 위에 제법 넓은 잔디밭이 조성되어 있었다. 학생들은 그 잔디밭 군데군데 놓여 있는 벤치에 앉아 도서관을 들락거리며 휴식을 즐기곤 했다. 이 축대 잔디밭에서 바라보면 본관 건물과 그 뒤쪽으로 나 있는 E학과 상대건물 방향의 보도블록이 길게 깔린 길이 눈높이로 보였다. 본관 건물 아래쪽으로 운동장이 있고 본관 건물과 접한 곳에 스탠드가 있어 이곳에서 주로 학내행사를 하곤 했다.

"유신철폐! 독재타도!"

본관 건물 뒤쪽 상대 방향 보도블록을 따라 한 무리의 학생이 구호를 외치며 걸어왔다. 도서관 앞 잔디밭을 지키고 있던 학생들이 박수를 치며 환호성을 질렀다. 도서관 앞 잔디밭에 순식간에 500여 명 정도의 학생이 모이고 학교 교가가 울려 퍼졌다.

모여든 학생의 대오 속에서 유인물이 낭독되었다. 18년 박정희 군사독재정권의 폐해 속에 수탈된 민중생존권과 경제적 불평등은 온 국민의 마음을 짓누르고 있다는 내용이었다. 그 마음속의 분노가 한꺼번에 폭발하듯 학생들의 결의에 찬 요구가 구호로 울려 퍼졌다.

"유신헌법 철폐!"

"언론 · 집회 · 결사의 완전한 자유보장!"

"소득분배 정의실현!"

"반윤리적 기업주 엄단!"

"학도호국단 폐지!"

"학원사찰 중지!"

"정치보복 중지!"

찌렁찌렁 울리는 구호 소리에 학생들의 가슴은 벅찬 감동으로 하나가 되었다.

"학생 여러분! 이러면 안 됩니다!"

대학교수와 총장이 학생들 앞으로 나서며 시위를 막으려고 했다.

"어용교수 물러가라!"

학생들은 더욱 단단하게 대오를 형성하며 일사불란하게 구호를 외쳤다. 구호는 노래가 되어 '훌라송'으로 되풀이되었다.

"어용교수 물러가라! 훌라훌라!"

갑자기 대열 한쪽이 어수선해졌다.

"잡아라!"

외마디 소리와 함께 학생들이 '우르르' 달려들어 사복형사들을 밀쳐 내었다. 사복형사들이 시위 주동자를 찾으면서 과도하게 학생들을 잡아가려 하자 주위에 있던 학생들이 사복형사들을 끌어내며 도서관 앞 잔디밭 축대 밑으로 떠밀어 굴려버렸던 것이다. 학생들의 대오는 흔들림이 없었다.

"저기도 있다!"

도서관 옥상에서 사진을 찍던 사복형사를 향해 누군가가 소리치고 서너 명의 학생들이 뛰어올라가 카메라를 빼앗았다. 점점 모여드는 학생들로 인해 도서관 앞 잔디밭은 더 이상 학생들이 설 자리도 없이 빽빽하게 되었다. 그러자 학생들이 어깨동무를 했다. 도서관에서 본관 쪽 계단으로 내려서며 학생들이 삼삼오오 어깨동무를 한 채 뛰기 시작하였다.

"독재타도!"

"유신철폐!"

학생들은 본관 건물 뒤를 돌아 효원회관을 지나 스탠드계단을 딛고 내려서며 운동장으로 들어섰다. 학교 운동장은 꽤 넓은 편이었다. 축구 경기를 두 개 정도는 동시에 할 수 있는 정도였다. 그 운동장 트랙을 빙돌아 맨 앞줄과 맨 뒷줄이 맞붙어 버릴 정도로 숫자가 불어난 학생들이 어깨동무를 하고 운동장을 돌았다.

'거의 팔천 명은 되겠다.'

정우는 대열 속에서 같이 뛰며 운동장을 돌고 있는 학생들의 수를 마음속으로 계산해 보았다. 학교에 있던 학생들은 거의 다 참가한 듯하였다. 기하급수적으로 불어난 학생들이 운동장을 돌다가 신 정문으로 진격하였다. 시계탑 옆으로 일부 학생들이 농구 골대를 밀고 왔다. 운동장 구석에 놓여 있던 농구 골대로 길을 막아 학교 안으로 진입하려는 경찰과 최루탄을 쏘는 페퍼포그차를 막기 위해서였다.

"펑! 펑!"

최루탄가스가 공중에서 터지며 날아들었다. 기동진압대 경찰들이 몽둥이를 들고 학교 정문 안으로 난입해 들어왔다. 드디어 싸움이 본격적으로 시작된 것이다. 정우는 신 정문 바로 위 시계탑을 지키고 있었다. 최루탄이 '픽픽'거리며 날아드는 것을 바라보다가 떨어지는 장소를 파악하며 살짝 피하기도 했다.

한참 공방전을 벌이다가 정우가 주위를 둘러보니 스무여 명의 학생이 남아 있었다. 최루탄가스에 숨이 막힐 것 같았지만 정우는 돌멩이를 주워 달려오는 경찰들을 향해 던졌다. 하얀 최루탄가스 연기가 군데군데 피어올랐다. 막 떨어진 최루탄이 피시식거리며 하얀 연기를 내뿜으면서 정우 주위를 맴돌며 지나갔다. 정우의 얼굴은 최루탄가스에 눈물범벅이 되었다. 겉옷으로 코를 감싸지만 정우의 숨구멍으로 들어오는 최루탄가스를 막을 수는 없었다. 얼굴이 화끈거렸다. 정우는 최루탄가스가 묻은 피부를 만지면 더 아프다는 것을 알기 때문에 화끈거리는 얼굴에 눈물자국이 범벅이 되어도 코만 감쌀 뿐 얼굴을 만지지는 않았다.

날아오는 최루탄을 피하며 정신없이 돌을 던지는데 시계탑 앞에는 정우 혼자만 남았다. 그러나 정우는 돌멩이를 던지며 시계탑을 떠나지 않았다. 시계탑 아래 오르막길을 오르며 경찰들이 몰려왔다. 시커먼 페퍼포그차가 최루탄가스를 쏘며 오르막길을 돌진해 왔다. 정우는 도망갈 수 있는 시간을 계산하여 최대한 버티며 돌멩이를 던졌다. 시계탑 바로 앞까지 경찰들이 달려오자 정우는 운동장을 가로지르며 쏜살같이 달려 본관 건물 쪽 스탠드로 올라섰다.

"도서관 앞으로!"

학생들은 도망을 가며 다시 모일 장소를 서로 주고받았다. 학생들은 쉽게 물러설 태세가 아니었다. 경찰들이 운동장을 장악하며 본관 앞까지 올라왔다가 다시 신 정문으로 철수했다. 흩어졌던 학생들이 다시 모이고 순식간에 불어난 수천 명의 학생들이 어깨동무를 하고 다시 신 정문으로 진격하였다. 경찰들은 신 정문 바깥에서 문을 굳게 걸어 잠그고 학생들이 학교 밖으로 나오지 못하게 막았다.

'구 정문이 뚫렸다!'라며 일부 대오가 구 정문으로 향했다.

경찰들의 주병력이 신 정문에 배치되어 있었고 구 정문에는 100여 명의 경찰밖에 없어 천 명이 넘는 학생을 막을 수가 없었던 모양이다. 그 사이 정우는 대오 속에서 사대부고 뒷문으로 학생들을 이끌었다. 신 정문에 있던 정우는 옆의 후배들과 함께 학교를 빠져나가 시내로 진출하기로 하고 신 정문이 아닌 사대부고 쪽 출입문으로 향하였다. 대학 신 정문을 옆으로 하고 사범대학 부속고등학교가 있는데 뒷문이 대학교 운동장과 연결되어 있었다.

이 문이 철문으로 잠겨 있었지만 정우가 학생들과 함께 '엇싸엇싸' 하고 밀어 버리니까 그 단단한 철문이 휘어져 들리며 출입문이 만들어졌다. 약 2천여 명의 학생이 이 문을 통과하여 사대부고 운동장으로 일시에 내려서며 북쪽 주택가와 마주하고 있는 시멘트 블록 담까지 밀어 버렸다. 담이 무너지고 북쪽 주택가 골목으로 학생들이 물밀듯이 쏟아지며 몰려 나갔다.

주택가 골목길을 따라 부곡동 쪽 산업도로에 들어섰다. 시위대가 학교 밖으로 나온 것이다. 넓은 차도 2개 정도를 장악하여 대오를 갖추며 행진을 하였다. 온천장 방면으로 행진을 하며 구호를 외치고 노래를 부르며 걸어가는 학생들에게 버스를 타고 지나가는 시민이 박수를 치며 격려하였다.

"유신철폐! 독재타도!"

구호가 끊임없이 반복되었다. 주변에 경찰들은 없었다. 아마도 학교 주변을 지키던 경찰병력 몇백 명으로는 수천 명이나 되는 학생들을 막을 수 없어 다른 곳으로 이동을 한 모양이었다. 정우는 마음이 들떴다. 끝도 없이 이어지는 시위대열 속에 몸을 맡기고 학생들과 함께 구호를 외치고 박수를 치며 노래를 하였다. 정우의 앞과 뒤, 옆에서 함께 어깨동무를 하고 뛰어가기도 하고 앞의 대오가 밀리면 잠시 주춤거리며 서기도 하면서 정우의 마음은 감격에 벅차올랐다.

정우가 바라보는 사람들의 얼굴에 웃음이 가득하였다. 그들의 얼굴에 자신이 해냈다는 자신감이 넘쳐 흘렀다. 사실 정우는 현구와 시위를 준비하면서 이렇게 규모가 커질 것이라고는 생각하지 못하였다. 억눌려 있던 학생들의 분노와 정의감을 표출하면서 학내시위를 벌이는 정도를 생각했었다. 8천 명이 넘는 학생이 시위대열에 함께 하고 최루탄과 몽둥이를 들고 진압하는 기동대경찰을 물리치기까지 한 힘은 정우의 상상 밖이었다.

가두시위

정우는 사대부고 철문을 부수고 담을 무너뜨리며 학교 밖으로 나오는 순간, 정우 자신의 의지와는 상관없이 상황이 전개될 것이라는 것을 느꼈다. 지금 정우가 앞장서서 할 수 있는 것은 아무것도 없었다. 그 많은 학생들이 어디로 가고 있는지, 어느 곳에서 경찰과 싸우고 있는지도 알 수가 없었다. 정우 자신도 시위대의 한 사람일 뿐이었다. 정우는 현재 자신이 선 위치에서 일어나는 일만 알 수 있을 뿐이었다. 오히려 시위대열이 경찰과 맞서 싸우다가 흩어질 때마다 자연스럽게 다음 집결장소가 정우에게 전달되어 왔다. 이심전심으로 전달되는 시위전술은 모두가 한마음이 되어 지극히 자연스럽게 받아들여지고 다음 집결장소에는 어김없이 학생들이 대오를 형성하며 모여 있었다.

정우는 온천장을 지나 경찰과 대치하면서 사직동으로 밀려갔다. 그곳에서 다시 경찰과 대치하다가 기동타격대가 치고 들어오는 바람에 대오가 흩어지면서 허겁지겁 동네골목길로 도망을 갔다. 멀리서 경찰이 따라오는 군홧발 소리에 막다른 골목길에 있는 집으로 다른 학생 몇 명과 함께 뛰어들었다.

"학생, 이리 와서 숨어."

급하게 뛰어드는 정우와 학생들을 보고 주인아주머니가 낮은 소리로 불렀다. 아주머니가 대문을 잠그고 정우가 숨어 있는 부엌문을 닫아 주었다. 군홧발 소리가 멀어지자 아주머니가 부엌문을 열어 주었다.

"조심해라, 잡히지 말고."

정우와 학생들은 아주머니에게 고맙다는 인사를 하고 조심스럽게 골목길을 나섰다.

"부산역에서 만납시다."

긴박한 순간이 지나고 모두가 서로 모르는 사이지만 다음 집결장소로 이동하기로 하고 헤어졌다. 정우는 마침 지나가는 시내버스를 타고 부산역으로 향했다. 시내 곳곳에 경찰들이 배치되어 있었다. 부산역에 다다르자 경찰들이 학생들을 연행해 가는 모습이 차창 밖으로 보였다. 경찰들이 버스정류장에서 기다리고 있다가 시내버스에서 내리는 학생들을 모두 연행하고 있었다.

정우가 탄 버스는 부산역에 정차하지 않고 곧바로 중앙동 시청방향으로 향했다. 정우는 남포동까지 버스를 타고 갔다. 정우가 도착한 오후시간대에 이미 시위가 시작되고 있었다. 한꺼번에 수천 명이 모여 남포동 대로를 장악하고 시위를 벌이다가 경찰이 최루탄을 쏘며 진압해 들어오면 시위대는 몇백 명씩 흩어지며 골목골목을 누비며 시위를 하였다. 그러다가 다시 모이면 어느새 수천 명으로 불어나 대로를 장악하였다. 경찰도 속수무책인 것 같았다. 주변에서 장사를 하고 있는 상인들이 시위대를 격려하며 먹을 것을 가져다주기도 하였다.

학생시위대는 남포동과 광복동, 국제시장을 누비며 시민과 합세하고 있었다. 정우도 시위대에 휩쓸리며 오후 내내 남포동 거리를 헤매고 다녔다. 정우는 오전 10시부터 부산대학교를 시작으로 온 시내를 거의 달리다시피 하며 돌아다니고 있었던 것이다. 정우는 시위대를 따라 움직이다가 경찰이 최루탄을 쏘며 곤봉을 들고 달려오면 흩어졌다가 다시 모이기를 반복하면서 지칠 대로 지쳐 있었다.

저녁시간쯤 정우는 시위대가 잠시 쉬는 동안 간단하게 식사를 하고 학교로 돌아가기로 하였다. 삼삼오오 모여 토론을 벌이는 시민들의 격앙된 분위기는 시위가 더욱 격화될 것이라는 예상을 하게 하였다. 정우는 이러한 분위기 속에 자신의 할 일을 생각하며 급하게 학교로 돌아왔다. 현재 조직의 상태를 점검하고 동료와 후배들이 어떤 상태에 있는지를 확인해야 하였기 때문이다.

"형, 시내가 완전 불바다요."

저녁 늦게 자취방으로 돌아온 후배가 말했다.

"어디에서 불이 난 거야?"

"파출소는 물론이고 방송국까지 불에 타고 있어요."

정우는 시위가 격렬해질 것이라고 예상은 했지만 불을 지를 정도로 거세게 일어날 것이라고는 생각을 못 했다.

"이제 학생들은 거의 없고 시민이 나선 것 같아요."

시위대는 어둠을 이용하여 숨바꼭질을 하듯이 경찰과 쫓고 쫓기면서 시위대 앞에 나타나는 파출소나 세무서 등 관공서를 모두 불태우고 있다는 것이다. 들려오는 소식들이 심상치 않았다. 그동안 억눌려 있던 시민이 학생시위에 합세하면서 더 큰 저항으로 치닫고 있었던 것이다.

"야, 빨리 피해야겠다."

선배가 급하게 정우를 찾으며 말했다. 정우는 이틀 동안 정신없이 시위현장을 돌아다니며 시민과 함께 시위를 하면서 들떠 있는 상태였다. 정우가 머물고 있는 곳은 학교 옆 미로 같은 골목길에 마련한 자취방이었다. 정우는 이곳을 조직활동을 위해 비밀스럽게 연락을 하는 장소로 이용하고 있었다.

"현구와 경호가 잡혀갔어."

정우가 일순간 긴장했다. 현구와 경호가 잡혀갔다면 이번 시위의 전모를 대충 파악한 것으로 보아야 했다. 실제 학생들 앞에 직접 나서서 시위를 주도한 사람은 현구와 경호가 아니었기 때문이다. 그렇다면 정우도 위험하다고 보아야 했다. 경찰의 수사망은 항상 배후세력에 초점이 맞추어져 있었다. 이미 드러난 시위 주동자는 현장에서 체포하든지 수배령을 발동하면 되지만 배후세력은 신속하게 파악하여 검거하지 않으면 언제든지 시위가 다시 일어날 수 있었기 때문이다.

"너도 위험하다."

선배는 정우에게 빨리 피하라는 말과 함께 선배가 잘 아는 L 선배의 서울 연락처를 알려 주었다. 두 선배는 서울에서 대학을 다닐 때 서로 친하게 지냈던 모양이다.

"어젯밤에 부산지역에 계엄령이 내려져 부산을 빠져나가기가 쉽지는 않을 거다."

선배는 정우에게 대중교통을 이용하라고 말해 주었다. 다행이 아직까지는 부산지역에만 비상계엄령이 내려진 상태여서 부산시와 외곽지역을 연결하는 대중교통망은 검문이 느슨한 편이었다. 부산시내 주요한 건물이나 관공서에만 계엄군이 집중 배치되어 있는 정도였다.

정우는 일단 기차를 타기로 하였다. 그리고 정우는 종착역인 부산역을 이용하지 않고 열차가 지나가는 중간 역을 택하여 진주 쪽으로 무사히 빠져나왔다. 군데군데 검문이 있었으나 별다른 문제 없이 정우는 부산을 벗어나 서울로 향하였다.

서울에 도착한 정우는 일단 L 선배를 만나 부산의 선배 이야기를 하며 도움을 요청했다. L 선배는 매우 친절했다. 정우는 L 선배의 도움으로 당분간 머물 곳을 마련하였다. 그곳은 책방 같은 곳이었는데 L 선배가 운영하는 출판사 겸 서점처럼 보였다. 다락방으로 올라가는 계단까지 책이 쌓여 있었고 햇볕이 밝게 비쳐드는 아늑한 분위기였다. 정우는 부산의 소식이 궁금하였지만 일체의 연락을 끊고 라디오나 신문을 통해 소식을 들으며 책을 읽고 지냈다.

유신독재의 종말

그리고 며칠 후 정우는 박정희 대통령이 죽었다는 소식을 들었다.

"호외요 호외!"

"박정희 대통령 서거!"

신문에 대문짝만 하게 굵은 글씨를 새겨 뿌리는 호외를 보며 정우는 깜짝 놀랐다.

'독재자 박정희가 죽었다.'

정우는 전혀 생각하지도 못한 현실에 머리가 멍해졌다. 그리고 잠시 후 어떻게 죽었는가라는 궁금증에 신문을 읽어 내려갔다.

10월 26일 밤 7시 50분. 서울 궁정동에 소재한 중앙정보부 식당의 만찬에서 김재규 중앙정보부장이 발사한 총탄으로 서거했으며, 차지철 경호실장 등 5명도 사망했다. 박대통령의 유고(有故)에 따라 헌법 48조 규정에 의해 최규하 국무총리가 대통령의 권한을 수행하게 되었으며, 정부는 27일 새벽 4시를 기해 제주도를 제외한 전국 일원에 비상계엄령을 선포했다.

장례는 11월 1일 국장으로 거행할 예정이며 미 국무성은 주한미군에 경계령을 내리고, 정부는 야간통금 10시부터 익일 새벽 4시까지, 언론 출판 사전검열, 옥내외 집회불허 등의 포고 1호를 포고하였다고 하면서 추모의 글을 싣고 있었다.

신문을 읽어 내려가던 정우는 순간 어이가 없었다. 박정희 자신이 가장 아끼던 부하 김재규의 총에 맞아 죽었다는 것이 말이 되는 것인지, 정우는 자신의 눈을 의심하며 다시 신문을 읽어 내려갔다. 정말이었다. 국가의 수반 대통령이 지하식당이라는 은밀한 곳에서 술을 마시다가 부하에게 총을 맞아 죽었다는 것이다. 그것도 대통령 경호원 5명과 함께 말이다. 너무나 어처구니없는 소식에 정우는 코미디 같다는 생각이 들었다. 믿기지 않는 이야기를 정말인 것처럼 하면서 사람을 웃기는 것이 코미디 아니겠는가? 정우가 읽고 있는 신문이 그랬다.

정우의 머릿속으로 너무나 뻔한 이야기가 떠올랐다. 폭력배 집단이 두목과 함께 술을 마시다가, 혹은 여자를 옆에 끼고 노래를 부르며 놀다가, 서로 트집을 잡으면서 말다툼이 일어나 주먹다짐을 하다가, 칼부림에 온갖 흉기를 휘두르며 살인을 저지르는 것과 무엇이 다르겠는가? 차라리 3류 드라마라면 좋겠다고 정우는 생각했다. 정말 부끄러운 일이었다. 이따위 쓰레기 같은 집단이 한 나라를 통치하며 온 국민을 공포로 몰아넣으면서 18년 독재를 자행해 왔다는 것이 부끄러웠다. 정우는 그 부끄러운 마음과 함께 손톱끝만 한 동정심조차 일어나지 않는 자신의 마음을 확인하며 독재자 박정희의 사망 소식을 들었다.

어제 낮까지만 해도 박정희는 서해안 삽교호 방조제 준공식에 참석하고 헬리콥터를 타고 가는 모습이 뉴스로 방영되었다. 그야말로 국가의 미래를 위해 동분서주하는 대통령의 모습으로 선전하면서, 그것을 고마워하는 삽교호 주변 주민의 환호를 받으며 번듯한 신사양복에 근엄한 표정으로 뉴스에 나오던 박정희였다. 그러나 오늘은 싸늘한 주검이 되었다. 독재자의 말로가 비참했다.

정우는 한편으로 비장한 생각이 들었다. 박정희의 죽음이 갖는 역사적, 사회정치적인 의미가 있겠지만, 지금 정우에게는 박정희의 죽음보다 친구들에 대한 걱정이 우선이었다. 솔직히 정우는 박정희의 죽음에 어떤 의미도 부여하고 싶지 않았다. 그저 한 개인이 악행을 저지르다가 총에 맞아 죽었다는 사실 정도로, 아니면 어떤 폭력집단이 이권을 놓고 다투다가 일어난 단순한 불상사에 불과하다는 정도로, 치부하고 싶었다.

그만큼 정우는 박정희 유신독재정권에 대해 분노를 갖고 있었다. 정우는 독재자 박정희를 타도해야 할 대상으로 보고 국민적 저항 투쟁을 실천하고자 했다. 그러므로 박정희는 국민의 손에 의해 심판을 받아야 한다고 정우는 생각했다. 그런데 박정희가 저희들끼리 권력다툼으로 죽어 버린 것이다. 물론 10월 16일부터 일어난 부산 · 마산지역 시민의 시위가 여러 가지 원인으로 작용하였겠지만, 정우는 이러한 생각조차 하기 싫었다. 그것은 훗날 역사가 평가하고 정리할 일일뿐 당장 정우가 관심을 갖는 것은 유신독재 잔당들의 향후 행보였다.

정우는 경찰에 잡혀 있는 친구들의 생사가 갈림길에 서 있다는 것을 직감적으로 느꼈다. 역사적 의미야 어쨌건 박정희 사망은 현재의 권력집단 내에서 일어난 사건이었다. 결국 이후 전개될 권력다툼은 민주세력과는 무관하게 유신잔당들의 아귀다툼으로 전개될 것이 뻔한 일이었다. 박정희가 죽었다고 해서 변화될 것이 없다는 것을 정우는 누구보다도 잘 알고 있었다.

한편, 정우의 머릿속으로 번개가 치듯 긴장감이 일어났다.

'대통령이 죽었다면 대통령을 죽게 만든 사건을 일으킨 사람들은 어떻게 되는가? 모두 사형을 당할 것이 아닌가?'

그리고 정우의 머릿속이 혼란스러워졌다.

'이대로 있을 수는 없다. 나 혼자만 살아남을 수는 없다.'

정우는 다시 부산으로 돌아가기로 결심했다. L 선배는 정우를 말렸다. 그러나 정우는 자신의 생각을 굽히지 않았다.

'죽더라도 부산에 가서 죽겠다. 다시 시위를 조직하든지 아니면 다른 방법이라도 최소한 친구들과 함께 할 수 있는 길을 찾아보겠다.'

정우의 비장한 각오에 L 선배도 어쩌지를 못했다. 부산으로 급하게 내려온 정우는 일단 가장 믿을 수 있고 경찰로부터 감시가 덜할 것으로 예상되는 친구에게 연락을 하였다.

"소식 들었나?"

"무슨 소식?"

"조만간에 모두 풀려 나온다 카드라."

"누가?"

"잡혀갔던 사람들이지."

친구의 말이 정우는 믿기지 않았다. 그러면서도 한편으로 죽을 각오를 하고 부산으로 온 자신이 우스웠다. 아직 세상 돌아가는 이치를 잘 모르기도 하겠지만 불과 며칠 되지도 않은 사이에 지옥과 천당을 오고간 기분이었다. 정우는 부산으로 오자마자 용호동 부근에 셋방을 먼저 구했다. 일단 장기적인 수배 생활에 대비하여 안정적인 장소를 마련한 뒤에 이후 생활과 활동은 좀 더 치밀하게 준비하고자 하는 마음에서였다.

"확실해?"

"음, 구속기간이 10일이고 1차 연장이 되어도 20일 정도니까 12월 초에 나오겠네."

정우의 친구는 집안 형편이 괜찮은 편이었다. 학생운동은 하지 않지만 정우처럼 학생운동을 하는 친구들과도 잘 어울리며 어느 정도 비판적 입장을 가지고 사회를 바라보는 친구였다. 가족 중에 경찰이나 법원 등에 공무원 생활을 하고 있는 사람들이 있어 현재 정국이 돌아가는 사정을 잘 알고 있었다.

지금 진행되는 정치상황으로 본다면 법적인 절차보다는 정치적인 판단이 우선일 수밖에 없다는 말이었다. 박정희가 죽었다는 것은 유신독재정권이 무너졌다는 것을 의미하는 것이고, 그러한 유신독재정권에 항거하여 일어난 시위로 잡혀간 학생들을 처벌하는 것은 앞뒤가 맞지 않는 모순이기도 했기 때문이다. 정우의 행동이 조금 자유로워졌다. 정우는 바빠졌다. 10월 16일 이후 불과 보름 정도의 시간이 지났을 뿐인데 너무나 변해 버린 세상이 정우에게는 당혹감으로 다가왔다.

12월 6일 최규하가 대통령으로 취임하면서 긴급조치 9호를 해제하더니 곧이어 민주인사들이 석방되었다. 잡혀갔던 친구들이 이들과 함께 풀려나왔다. 신문과 방송에서는 학원민주화를 이야기하고 사회저명인사들이 제법 자신의 목소리를 내며 무언가 사회가 변화하는 것처럼 보였다. 그러나 얼마 지나지 않아 12월 12일 군사쿠데타가 일어나고 일개 육군소장인 보안사령관이 육군대장인 참모총장을 잡아 가두는 사태가 일어나는 등 정국은 뒤숭숭하게 흘러가고 있었다.

정우는 다시 제자리로 돌아왔지만 이전의 정우는 아니었다. 그것은 정우만이 아니었다. 정우가 고민하고 행동했던 사회에 대한 문제의식들의 대부분은 모든 사람들의 문제의식으로 확대된 것처럼 보였다. 온 나라가 시끌벅적했다. 학생들의 학원

민주화는 사회민주화를 선도하면서 18년 유신독재의 종말을 알리는 듯했다. 정치인들이 정치활동으로 나서고 각계각층의 저명인사들이 마치 자신이 18년 유신독재정권을 끝장낸 것인 양 의기양양하게 국민 앞에 나서고 있었다.

새로운 준비, 5월의 핏빛 함성으로

"개떡 같은 사랑이제."

친구 S가 술잔을 기울이며 말했다.

"무슨 사랑?"

정우는 친구 S의 술잔을 채우며 모른 척 되물었다.

"민중에 대한 사랑? 집어치우라고 해!"

친구 S의 말을 귓전으로 흘리며 정우는 바다를 바라보았다. 부둣가 불빛을 받아 번득이는 파도가 시커멓게 일렁거리고 있었다. 건너편 영도를 환하게 밝히고 있는 전등불빛들이 그 바다를 타고 길게 불빛 그림자를 드리우며 정우가 앉아 있는 자갈치 부둣가 좌판까지 비쳐들었다.

"푸르르르, 부릉!"

저녁 늦게 조업을 마치고 들어왔는지, 하선 작업을 금방 마친 어선 한 척이 제자리를 찾기 위해 다른 배들을 밀치며 부둣가로 몸체를 비틀어 헤집고 들어왔다.

정우는 친구 S와 자갈치 부둣가 노상에서 연탄불에 구어지는 꼼장어를 먹으며 소주잔을 기울이고 있었다.

자갈치 부둣가는 낮 시간 동안은 좌판을 길게 펼친 어시장이 되었다가 저녁시간이 되면 어시장이 모두 철수를 하고 소주와 꼼장어를 구워 파는 노상좌판 주점이 들어섰다. 저녁바람이 시원했다. 길게 늘어선 좌판마다 군데군데 둘러앉아 소주잔을 기울이는 사람들이 타오르는 남포불빛에 둥그렇게 원을 그리고 있었다.

"나는 사랑 없이는 혁명도 없다고 생각한다. 니는 우찌 생각하노?"

친구 S는 계속 사랑타령이었다.

"그래, 친구야 무슨 사랑인데?"

정우는 아까부터 사랑을 이야기하는 친구 S가 무엇을 말하고 싶어 하는지 대충 알고 있었다. 친구 S가 이야기하고자 하는 것은 젊은 청춘 남녀의 연애 이야기나 무슨 거창한 꿈같은 러브스토리를 말하고자 하는 것이 아니었다. 사랑 자체에 대해 말하고자 하는 것이었다. 사랑의 개념이랄까, 사랑이 갖는 의미를 말하는 것일 수도 있는데, 보다 분명한 것은 이 시대 사랑이 갖는 의미에 대해 말하는 것이었다.

"와 사랑하면 안 되노?"

결국 정곡을 찌르며 친구 S가 말했다. 정우는 얼마 전 후배 중 한 명을 조직활동에서 배제시킨 적이 있었다. 이유는 조직 내에서 연애를 한다는 것이었다. 그 후배는 정우가 정말로 아끼는 후배였다. 처음에는 설득도 하고 나중에는 주먹다짐까지

하며 마음을 돌려 보려 하였으나 그 후배는 받아들이지 않았다. 결국 정우는 동료들과 의논하여 그 후배를 조직활동에서 배제해 버렸다. 쫓아내 버린 것이다.

"와 안 되노?"

친구 S는 집요하게 물었다.

"나도 마음이 아프다."

"니가 마음이 있나?"

정우의 가슴이 휑하게 구멍이 났다. 솔직히 정우도 후회를 하고 있었다. 후배의 연애사건은 정우에게는 고통이었다. 아까 이 시대 사랑이 갖는 의미라고 했는데, 너무 거창하게 말한 것 같다. 그냥 정우가 동료들과 학생조직활동을 하면서 정한 규율이었다.

'이 엄혹한 시대에 연애 따위를 할 여유가 어디 있느냐 혁명운동에 온몸을 다 바쳐도 모자라지 않느냐, 특히 남녀가 연애를 할 경우 정신이 흩트려지기 쉽다. 서로가 연애감정을 갖는 건 개인적 취향에 따른 것일 뿐, 인류평등의 사상이나 보편적인 인간애와는 동떨어진 부르주아적 관념이다.'

동료들과 정한 규율은 말 그대로 철칙이었고, 이것은 어겨서는 안 되는 중요한 규율이었다.

"사랑은 말이야…… 혼자 하는 기 아이다. ……혼자 할 수 있는 기 아이다."

친구 S가 고개를 숙였다. 취한 듯 숙이는 고개 아래로 언뜻

눈물자국이 비쳐 나왔다.

"사랑은 같이 하는 거야. ……함께 하는 거라고."

친구 S가 목소리를 죽이며 혼잣말처럼 중얼거렸다. 정우는 친구 S의 말을 반박할 수가 없었다. 그러나 정우의 고통은 오히려 딴 데 있었다. 친구 S가 말하는 사랑은 단순히 후배의 연애사건만을 말하는 것이 아니었기 때문이다. 친구 S는 후배의 연애사건을 빌미로 자신의 고민을 말하고자 하는 거였다.

"자, 그만 일어나자."

정우는 친구의 팔을 잡으며 말했다. 정우로서는 이 이상의 이야기는 감당이 안 되는 거였다. 친구 S뿐만 아니라 대부분의 동료들이 고민하고 있는 문제는 학생운동 이후였다. 그것은 기득권을 포기하는 것이었다. 그 기득권은 대학졸업장이었다. 그 대학졸업장은 취직증명서였다. 대기업의 사원으로서, 대학교수로서, 학교 선생으로서, 약사와 의사와 사법고시 등 각종 자격증으로서, 그 기득권은 포기하기 힘든 거였다. 더구나 어려운 가정형편을 극복하기 위한 유일한 희망으로서, 가족들의 바람을 저버린다는 것은 상상도 하기 힘든 일이었다.

그럼에도 정우는 조직활동을 그만둘 수는 없었다. 조직활동이라고 해 봐야 학생들이 모여서 현 시국에 대한 분노와 고민을 토로하는 자리였고, 그러한 자리는 학습으로 이루어지는 학습서클정도의 모임이지만 정우로서는 자신의 모든 걸 거는 일이었다.

물론 그것은 관념이었다. 세계 역사를 꿰뚫으며 이념의 잣대를 세우고 실천을 모색한다고 하지만, 그것은 학구적인 지식인의 범주 내에서만 가능한 일이었기 때문이다.

말 그대로 상아탑 내에서의 학생조직활동이었다. 그 속에서도 정우는 책임감이 강했다. 그러나 그 책임감은 정우 자신의 의지가 강했다기보다는 주어진 조건 속에서 형성된 것이었다. 엄혹한 정치적 현실이 그랬고, 젊음을 마음껏 발산하기에는 너무나 억압적인 대학 분위기가 그랬다. 그렇게 주어진 조건은 정우의 비판의식을 키우고, 조금씩 정우의 발걸음을 이념서클활동으로 옮기게 했던 것이다. 그 책임감으로 정우는 똘똘 뭉쳐 있었다. 그런데 대학을 졸업할 시점이 다가오면서 정우에게 이후 자신의 진로에 대해 더 이상 미룰 수 없는 과제가 주어졌던 것이다. 그것은 친구 S도 마찬가지였다.

"같이 하는 게 사랑이라고……."

그래, 같이 하는 게 사랑이 맞다. 그러나 정우는 오히려 그것이 고통이었다. 같이 하고자 하는 것, 함께 하고자 하는 것이 한 가지뿐이라면 얼마나 쉽겠는가? 문제는 항상 여러 대상이 있었고 그 대상들 중 한 가지에 대한 선택이었다.

누구와 함께 할 것인가가 문제였다. 정우나 친구 S가 갖는 고민도 여기에 있었다. 굳이 사랑을 주제로 삼는다면, 정우가 하고자 했던 사랑은 민중을 위한 사랑이었다. 그 민중은 노동자계급이었고 농민과 빈민이었다. ……노동자계급, 너무나 쉽게 내뱉어지는 말이었으나 그 말을 내뱉는 정우의 입속에는 껄끄러운 가시가 돋는 듯했다. 정우의 머릿속에서는 친숙한 단어였으나 입술을 움직여 내뱉는 순간 낯설기만 한 그 단어는 정우의 가슴을 짓눌렀다. 아무리 책을 읽어도, 싸움박질 하듯 논쟁을 벌여도, 정우의 가슴속에는 도통 모를 단어가 노동자계급이었다. 가슴속으로 느껴지지가 않았다.

얼마 전부터 시작한 노동야학도 바로 그러한 고민을 안고 시작한 것이었다. 사실 처음에는 정우에게 노동자계급이라는 단어가 친숙한 단어였다. 정우가 생각하기에 그것은 공장에서 일하는 사람들이었고, 바로 공순이 공돌이였다. 정우가 아는 친구들, 가까운 친척들 중에도 공장에 다니는 사람들이 많았다. 정우는 대학을 다니면서도 그들과 매우 친하게 지내고 있었다. 그들을 만나면 오히려 그들은 정우에게 거는 기대가 컸다. 대학생 정우에게 주어진 기득권 속에서 정우가 잘되기를 바라고 있었다. 정말 진심으로 그랬다. 정우에게 그들은 가까운 친구였고 친척이었다. 그들은 노동자였고 그렇게 노동자계급이란 단어는 이해하기 쉬운 것이었다.

그러나 정우가 이념적 잣대를 세우는 순간 그들은 노동자계급이 아니었다. 정우의 생각에, 세상을 변화시키고 역사를 발전시키는 민중으로서의 노동자계급이라면, 투철한 역사의식에다가 강고한 철의 규율로 무장한 노동자계급 전위부대여야 했다. 그러나 그들은 정우와 가까운 친구이자 친척일 뿐이었다.

'정말 모르겠다.'

정우의 고민은 여기에 있었다. 더구나 친구 S의 푸념은 정우의 가슴을 아프게 때렸다.

'같이 하는 게 사랑이라고…….'

친구 S의 사랑 타령이 더 큰 무게로 정우의 가슴을 짓누르는 것은 행동해야 하기 때문이었다. 그 행동은 당연히 정우가 가진 기득권을 포기하는 문제였고 조만간 선택해야만 하는 거였다. 정우가 후배의 연애사건을 다루며 후배에게 강요했던 선택처럼 정우도 선택해야만 했다. 그것은 어려운 일이었다. 그 선택의 뒤편에는 어머니의 눈물이 있었다. 아버지의 숨죽인 피울음이 있었다. 그 선택의 뒤편에 가족의 바람을 저버린 정우의 낡고 헐거운 신발이 있었다. 기름때 묻은 작업복에 바짝 말라 누렇게 찌든 정우의 얼굴이 있었다.

정우의 고민은 더욱 깊어 갔다. 이제는 숨어 있을 필요가 없어졌지만, 용호동 셋방으로 숨어든 지 두 달이 넘어가는 시점에서도 정우는 쪽방 구석에 멍하게 누워 있는 시간이 많아졌다. 학원자율화를 외치는 학생들의 목소리가 높아지면 높아질수록, 정치민주화를 외치는 민주인사들의 목소리가 높아지면 높아질수록 정우의 목소리는 오히려 잦아들었다.

'노동자계급이 뭔지 알고나 하는 사랑인가?'

정우의 기억 저편으로 희미한 목소리가 다가왔다. 가난한 자들의 목소리였다. 그 목소리는 정우의 목 뒤에서 들려왔다. 코앞에서도 들려왔고 어깨 위에서도 들려왔다. 그 목소리를 따라 돌아보는 정우의 눈길 저 멀리 공장의 굴뚝에서 시커먼 연기가 피어올랐다. 그 연기 속으로 노동자들의 땀방울이 잘게 부서져 수증기처럼 날아가는 듯 짠 내가 풍겨 왔다. 망치 소리가 들렸다. 흙을 파 뒤집는 삽질 소리가 들렸다. 가난한 자들의 삶의 현장이었다. 정우가 가야 할 곳이었다.

정우는 얼마 동안 셋방에서 생활하며 용호동을 떠나지 않았다. 용호동은 용호만을 끼고 동국제강이라는 철강공장이 들어서 있었다. 바로 옆 고갯길을 넘어가면 용당동과 감만동이 연결되면서 동명목재공장과 연합철강공장이 가까이 있었다. 부산지역에서 몇 안 되는 대공장이 주거지와 근접해서 들어서 있는 지역이었다. 정우가 머물고 있는 용호동 셋방 역시 노동자들이 생활하는 쪽방촌이었다. 시멘트 블록으로 담을 쌓고 나무판자를 겹대어 방을 만들고 지붕은 함석으로 지은 판잣집들이 길게 늘어서 있었다.

"그동안 잘 지냈습니꺼?"

서울에서 내려오자마자 정우는 J 아저씨를 찾아갔다.

"어, 정우 니가 웬 일이고?"

J 아저씨는 갑자기 나타난 정우를 보고 놀랐는지 눈을 크게 뜨며 말했다.

"당분간 이곳에서 생활하려고 왔습니더. 공장생활도 한 번 해 보고 싶고예."

J 아저씨는 정우에 대해 어느 정도 알고 있었다. J 아저씨는 동국제강 노동자로 20년 가까이 근무하고 있는 노동자였다. 정우는 J 아저씨를 후배의 소개로 알게 되었다. 정우의 후배는 같은 서클활동을 하면서 정우가 노동문제에 대해 관심이 많다는 것을 알고 자신의 친척인 J 아저씨를 소개해 주었다. 정우는 서울에서 부산으로 오자마자 용호동으로 J 아저씨를 찾아갔던 것이다.

그리고 정우는 J 아저씨의 도움으로 바로 옆 쪽방에 세를 얻었다. 정우는 왠지 모르게 쪽방의 분위기가 좋았다. 다닥다닥 붙어있는 쪽방들에선 하루도 조용한 날이 없었다. 쪽방들을 연결하는 통로 사이로 아이들이 뛰어다니고 방마다 흘러나오는 TV 소리가 서로 어울려 화음이 되어 울리기도 하였다. 때때로 저녁 늦은 시간이 되면 한바탕 소동이 벌어지기도 했다. 술 취한 남편이 아내의 잔소리를 서운해하며 큰소리가 오가다가 우당탕 쿵쾅 밥그릇이 굴러가는 소리를 낼 때쯤이면 순식간에 조용해지기도 하였다. 아기들 우는 소리, 밥 짓는 소리, 그릇 씻는 소리들이 어우러지는 쪽방촌에는 진득한 삶의 냄새가 배어났다.

정우는 이듬해 개학을 하기까지 이들 속에서 생활하였다. 그러나 아직까지 학생신분인 정우로서는 이들과 함께 할 준비가 부족한 상태였다. 친구 S와의 대화에서도 자신의 고민에 대한 답을 찾지 못한 정우였다. 그리고 정우는 학내조직활동에 대한 정리가 우선이라는 판단을 하게 되었다.

봄기운이 피어오를 무렵 정우는 용호동을 떠나 금정산자락 아래로 돌아왔다.

'이제부터 시작이다.'

정우는 학내조직활동으로 바쁜 나날을 보내며 다가오는 투쟁을 준비했다. 정우는 이제 혼란스러워하지 않았다. 당면투쟁과제는 유신잔당 전두환에 대한 투쟁이었다. 투쟁의 무기는 민중과 함께 하는 것이었고 그 투쟁의 성과는 민중과 함께 만드는 새로운 세상이었다. 정우에게 주어진 과제는 이러한 투쟁을 조직하는 것이었고 앞장서는 것이었다.

'그러나 이러한 투쟁 역시 당분간이다.'

정우는 언젠가는 민중 속으로 동화되어야 한다는 것을 잊지 않았다. 정우의 결심은 확고했고 그동안 정우가 했던 고민의 모든 귀결점은 노동현장이었다. 그것은 정우가 살아가야 할 투쟁의 현장이었다. 그 투쟁의 현장에서 정우의 투쟁이 끝나지 않는 한, 또다시 쫓기며 피하다가 더 이상 숨을 데가 없을 때에도 마지막 도피처가 되어야 할 곳이었다. 그러므로 그것은 생활이었고 정우의 목숨이기도 했다. 용호동 쪽방촌 노동자들의 힘찬 삶이 다시 한 번 정우의 가슴을 흔들었다.

따스한 봄기운이 가득한 날, 정우는 학교로 돌아왔다. 일상처럼 시간이 흘러갔으나 학생들의 눈빛은 더욱 빛나고 있었다. 무리지어 피어오르는 아지랑이 사이로 내딛는 정우의 발걸음이 당당했다. 그 발걸음을 따라 5월의 핏빛 함성이 다가오는 듯 뜨거운 가슴들이 모이고 있었다.

해설

길 위에서

전성욱(문학평론가)

1.

광주 망월동 구묘역을 둘러본 사람이라면 누구라도 깊은 회한에 젖게 될 것이다. 최루탄 소리 가득한 교정에서 홀로 플라톤을 읽던 저 기형도마저도 대학을 졸업하고는 광주를 찾아가야만 했다. "나는 죄인이다. 나는 앉아서 성자가 되기를 기다렸다. 그러나 그 누구도 나에게 경배하러 오지 않았다"라는 아픈 고백과 함께. 그리고 그는 그 '짧은 여행의 기록'에서 이렇게 적었다. "망월동 공원묘지 제3묘원은 찌는 듯이 무더웠고 그것은 고의적인 형벌 같았다"고. 1980년 오월의 봄은 처참하게 훼손된 주검으로 그렇게 그 자리에 안치되어 있었고, 그는 여정의 한가운데서 뒤늦은 후회로 그 주검들과 만났다. "내가 거듭 변하지 않는 한 아무것도 변하지 않을 것"이고 "지금의 나를 없애야" 구원을 얻을 수 있다는 것을 여행의 길에서 그는 겨우 알 수 있었다. 이렇게 길은 청춘의 스승이다.

폭도라 불리던 사람들은 민주화의 주역이 되었고 통곡의 그날은 국가의 기념일이 되었다. 오월이 이처럼 공식적인 제도로 자리 잡아가는 사이 사람들의 눈물은 말라 버렸다. 폭력의 기원은 망각 속에서 신비화되었고, 더 이상은 아무도 그 죽음의 참상을 말하려 하지 않는다. 이른바 묘지의 성역화로 조성된 지금의 국립5·18민주묘지는 말끔한 정비로 오월의 끔찍한 시간들을 숭고한 희생의 시간으로 단장해 놓았다. 원혼의 절규로 가득했던 그곳은 그렇게 위령의 공간으로 봉합된 것이다.

추모와 기념의 의례로 정형화된 오월이지만, 구묘역에서 오월은 또 다른 항쟁의 기억들을 품어 안았다. 시대와의 불화로 희생된 많은 젊은이들이 열사라는 사후적인 호명 속에서 그 자리에 잠들어 있다. 민주열사라는 말의 무게를 무색하게 만드는 영정 속의 앳된 얼굴들. 사랑도 명예도 이름도 남김 없이, 한평생 함께 가자고 맹세했던 그들이었다. 하지만 우리는 기어이 그 이름들을 돌에 새겨, 기억의 한 자리에 단단히 붙들어 두고 싶은 것이다. 그러나 우리의 애도가 그 죽음들의 세속적 의미를 초과함으로써, 그것을 너무 고매하게 드높은 희생으로 신화화하지는 말아야 한다. 스무 살 남짓의 젊은 죽음을 이념과 대의명분의 제단 앞에 희생의 제물로 바치는 일은 없어야 한다.

평온한 미래의 시간을 꿈꾸고 사랑에 몸 달았던 평범한 젊은이들은 미군철수, 자주통일, 독재타도와 같은 대의 앞에서 절망하고 분노하고 증오하면서 결국은 부끄러워해야만 했다. 그러니까 사랑과 명예라는 사적인 욕망은 저 공공의 대의를 받들기 위해 기꺼이 희생해야 할 대상에 지나지 않았다. 당연한 욕망을 타락한 탐욕으로 추궁받아야 했던 그 시절은 지금이라면 믿기 힘든 암흑의 시간이었다. 그 시절 남달리 예민했던 한 청년은 찬란한 청춘의 한때를 이렇게 회고할 수밖에 없었다.

나무의자 밑에는 버려진 책들이 가득하였다
은백양의 숲은 깊고 아름다웠지만
그곳에서는 나뭇잎조차 무기로 사용되었다
그 아름다운 숲에 이르면 청년들은 각오한 듯
눈을 감고 지나갔다, 돌층계 위에서
나는 플라톤을 읽었다, 그때마다 총성이 울렸다
목련철이 오면 감옥과 군대로 흩어졌고
시를 쓰던 후배는 자신이 기관원이라고 털어놓았다
존경하는 교수가 있었으나 그분은 원체 말이 없었다
몇 번의 겨울이 지나자 나는 외톨이가 되었다
그리고 졸업이었다, 대학을 떠나기가 두려웠다

—기형도, 「대학 시절」 전문

헌법의 효력을 무력화하는 초법적인 예외상태가 일상이 되는 긴급조치와 비상계엄의 나날들. 그 과잉 도덕의 시대에 독재 권력은 금기를 강요하고 위반을 엄벌하는 폭압적인 초자아다. 그러나 자식은 애비를 닮고 저 폭군적인 독재세력과 맞서 싸우는 사람들은 어느새 적의 폭력을 모방하기 시작한다. 명분과 대의의 이름으로 정당한 욕망을 억압하는 초자아의 권능은 독재의 노골적인 폭력과 한 짝이다. 정의롭다는 신념에 근거한 도덕률이 가시적으로 행사되는 노골적인 폭력보다 오히려 훨씬 더 난폭한 초자아의 명령이 될 수 있다. 아름다운 숲의 나뭇잎조차 무기로 사용되어야 했던 그때, 플라톤을 읽는 젊은이는 열린 사회의 적으로 비난받아야 했다. 닫힌 사회는 언제나 이처럼 청춘에게 가장 가혹하다.

동구권이 몰락하자 누군가는 조급하게 역사의 종언을 선언해 버렸다. 냉전이 끝났으니 이제는 이념의 적대도 끝장났다고 서둘러 전향하는 사람들이 많았다. 신세대로 불리는 젊은이들은 책 대신 영화를 보고 토론하기 시작했으며, 그러는 사이 대학 앞의 사회과학 서점들은 하나 둘 문을 닫았다. 위대한 혁명가 레닌보다는 영상의 구도자 타르코프스키가 더 매혹적인 시대가 되었다. 대학을 나와 적당히 먹고 살 수 있던 특권의 시절에는 이념이 그들의 발목을 잡았다. 보장된 삶을 뒤로 하고 공장으로 떠난 학생들이 이른바 학출의 시대를 열었다. 그러나 오늘의 젊은이들에게 보장된 미래 따위는 없고, 다만 그들은 고용과 실업 사이에서 비정규직의 불안한 삶을 살아갈

따름이다. 경쟁에서 살아남기 위한 처세의 기술이 공생에 대한 진지한 사유를 압도할 때 예민한 청춘의 감성은 타락한다. 여전히 가혹한 시련 속에서 우리들의 청춘은 오늘도 아프게 앓는 중이다.

2.

소설 『1980』은 1980년을 전후한 격랑의 시간에 대한 소묘이자 폭력과 굴종 속에서 고뇌하는 한 청춘의 여정에 대한 기록이다. 그러므로 이 소설은 한 시대의 질곡을 담은 역사소설이면서 표랑하는 청춘의 시간을 그린 성장소설로 읽을 수 있다. 이 두 겹의 시선이 서로 간섭하는 가운데 역사와 청춘은 하나의 시간 안에서 몸을 섞는다. 젊은이들은 언제나 절망과 도피, 저항과 극복이라는 그 뜨거운 정념의 시간들 속에서 타락하거나 비약하기 마련이니까. 불온한 역사는 미숙한 청춘을 고행 속에서 성숙하게 만든다. 그러니까 거시적인 역사의 시간은 청춘을 일깨우는 교양(敎養)의 시간이다.

소설은 연대기적 시간의 흐름을 절단함으로써 역사적 사건의 선후가 아닌 방황하는 청춘의 시간으로 이야기의 시간을 극적으로 배분한다. 그리하여 도주와 수감의 날들은 사유와 성찰의 시간으로 전유되어 고난의 순례를 서사화한다. 이야기 내용의 시간으로는 가장 앞선 1979년 10월 16일이, 소설의 결말로써 이야기 구성의 시간으로는 가장 늦게 제시되었다. 부산대학교의 교내시위로 촉발된 이날의 사건을 사람들은 '10 · 16 부마 민주항쟁'이라 부른다. 처음의 계획은 중간고사 기간인 15일 오전 10시에 도서관 앞에서 기습적으로 시위를 시작하는 것이었지만, 사복형사들이 이미 자리를 잡고 있는 가운데 학생들은 거의 모이지 못했고, 결국 그 계획은 실패로 돌아갔다. 소설은 이날의 사정을 비교적 소상하게 서술하고 있다.

> 정우와 현구는 조금 전 실패한 진혁의 시위 외에, 얼마 전부터 시위를 준비하는 팀이 2개가 더 있다는 것을 알고 있었다. 현구를 통해 진혁과는 사전논의를 하고 있었고 다른 팀의 학생들과는 경호를 통해 일정을 조절하고 있었다. 그리고 진혁과 그중의 한 팀이 각각 오늘 오전 학내 곳곳에서 유인물을 뿌렸고 학생들에게 '오전 10시 도서관 앞으로 집결하자'라는 연락을 취했던 것이다. 그러나 유인물이 오전 10시가 거의 다 되어서야 뿌려졌고, 오전 10시에 시위를 선동할 무렵에는 이를 알고 모여든 학생들이 채 불어나기도 전이었다. 진혁이가 도서관 앞 잔디밭에서 유인물을 뿌리며 구호를 외치는 순간 '후다닥' 하며 사복형사들이 들이닥쳤고, 다행히 진혁이는 몸을 피하였으나 그 자리에 모여 있던 학생들의 대오가 순식간에 흩트려져 버렸던 것이다.

다음날 16일, 학생들은 유신철폐와 독재타도를 외치며 시위대를 형성했고, 진압부대의 저지를 뚫고 교외진출에 성공함으로써 드디어 도심지 가두투쟁으로 이어질 수 있었다. 부산대학교 학생들의 가두시위는 17일의 동아대학, 18일의 경남대학으로 확산되었고, 이를 계기로 학생들의 시위는 시민들과 결합하여 증폭되었으며 그 기세는 마산으로까지 번졌다. 역사적인 부마항쟁은 이렇게 시작되었고, 그것은 1980년 오월의 광주와 1987년의 유월을 미리 예감하게 하는 것이었다.

사건의 배후세력으로 지목된 배정우는 그렇게 도주의 길을 떠나게 되었고, 부산을 벗어나 서울로 도피한 그는 그곳에서 10 · 26 소식을 듣는다. 박정희는 죽었지만 유신체제가 곧바로 무너진 것은 아니었다. 신군부의 호헌세력은 재야의 개헌세력을 정치적으로 봉쇄하고, 전혀 새로운 법질서의 창안을 요구하는 제헌의 열망을 폭압적인 철권통치로 가로막았다. 모두 알고 있는 것처럼 1980년 서울의 봄은 광주의 유혈항쟁과 폭압적인 군부통치의 암울한 시간을 예비하는 폭풍전야의 고요에 지나지 않았다. 부산으로 다시 돌아온 정우는 급박한 눈앞의 현실에 번뇌하면서 투쟁의 관념성을 반성하기 시작한다. 당장의 고뇌는 학생운동 이후의 삶을 떠올리는 것으로부터 시작되었다.

친구 S뿐만 아니라 대부분의 동료들이 고민하고 있는 문제는 학생운동 이후였다. 그것은 기득권을 포기하는 것이었다. 그 기득권은 대학졸업장이었다. 그 대학졸업장은 취직증명서였다. 대기업의 사원으로서, 대학교수로서, 학교 선생으로서, 약사와 의사와 사법고시 등 각종 자격증으로서, 그 기득권은 포기하기 힘든 거였다. 더구나 어려운 가정형편을 극복하기 위한 유일한 희망으로서, 가족들의 바람을 저버린다는 것은 상상도 하기 힘든 일이었다.

그럼에도 정우는 조직활동을 그만둘 수는 없었다. 조직활동이라고 해 봐야 학생들이 모여서 현 시국에 대한 분노와 고민을 토로하는 자리였고, 그러한 자리는 학습으로 이루어지는 학습서클 정도의 모임이지만 정우로서는 자신의 모든 걸 거는 일이었다.

물론 그것은 관념이었다. 세계 역사를 꿰뚫으며 이념의 잣대를 세우고 실천을 모색한다고 하지만, 그것은 학구적인 지식인의 범주 내에서만 가능한 일이었기 때문이다.

그 당시 대학생은 일종의 특권계급에 속했고, 그래서 그들은 지식인으로서의 사회적 책무를 윤리적인 당위로 받아들여야만 했다. 대학 졸업자가 인텔리겐치아의 역할을 떠맡아야 할 만큼 한국사회의 엘리트주의는 만연한 풍조였다. 그들에게 부과되었던 사회적 기대는 배운 자와 못 배운 자의 명백한 구분으로 만들어진 오래된 엘리트주의의 부산물이다. 그러므로 그 시절의 이십대 청년들에게 기득권의 문제는 곧 윤리적 물음과 겹쳐진 것이었다.

기득권을 포기하고 운동을 계속한다는 것이 "학구적인 지식인의 범주 내에서만 가능한 일"이고 추상적인 관념에 지나지 않음을 알게 되었다면, 그 관념을 돌파할 다른 길의 모색이 요구되는 것은 필연이다. 하지만 기득권의 포기라는 사명감 속에 행여 오만한 시혜의식이 담겨 있다면, 그 모색도 결국은 기만적인 자기 위안에 다름없는 것이다. 민중이라는 숭고한 타자는 바로 그 주체의 오만한 열정이 빚어낸 일종의 관념이었다.

> 노동자계급, 너무나 쉽게 내뱉어지는 말이었으나 그 말을 내뱉는 정우의 입속에는 껄끄러운 가시가 돋는 듯했다. 정우의 머릿속에서는 친숙한 단어였으나 입술을 움직여 내뱉는 순간 낯설기만 한 그 단어는 정우의 가슴을 짓눌렀다. 아무리 책을 읽어도, 싸움박질 하듯 논쟁을 벌여도, 정우의 가슴속에는 도통 모를 단어가 노동자계급이었다. 가슴속으로 느껴지지가 않았다.

민중에 대한 사랑이란 익숙하고 진부한 만큼 막연한 관념이다. 가슴으로 느껴지지 않는 노동자계급, 그렇게 구체성을 결여한 관념의 계급을 위해 자기의 미래를 헌신하는 것은 무모하고 오만한 열정이다. 조직 내부에서 연애를 한다는 이유로 후배를 퇴출했던 일이나 가까운 친구이자 친척들인 노동자들을 다시 떠올리면서, 정우는 자기의 무모한 선택이 어머니의 눈물과 아버지의 숨죽인 피눈물을 담보하고 있음을 생각한다. 그리고 소설은 이런 다짐 속에서 자못 비장하게 끝이 난다.

> 정우는 언젠가는 민중 속으로 동화되어야 한다는 것을 잊지 않았다. 정우의 결심은 확고했고 그동안 정우가 했던 고민의 모든 귀결점은 노동현장이었다. 그것은 정우가 살아가야 할 투쟁의 현장이었다. 그 투쟁의 현장에서 정우의 투쟁이 끝나지 않는 한, 또다시 쫓기며 피하다가 더 이상 숨을 데가 없을 때에도 마지막 도피처가 되어야 할 곳이었다. 그러므로 그것은 생활이었고 정우의 목숨이기도 했다. 용호동 쪽방촌 노동자들의 힘찬 삶이 다시 한 번 정우의 가슴을 흔들었다.
>
> 따스한 봄기운이 가득한 날, 정우는 학교로 돌아왔다. 일상처럼 시간이 흘러갔으나 학생들의 눈빛은 더욱 빛나고 있었다. 무리지어 피어오르는 아지랑이 사이로 내딛는 정우의 발걸음이 당당했다. 그 발걸음을 따라 5월의 핏빛 함성이 다가오는 듯 뜨거운 가슴들이 모이고 있었다.

민중 속으로의 동화나 모든 귀결점으로서의 노동현장은 구체적인 현실로의 기투를 선언하는 말들이지만, 사실 그것은 의외로 공허한 다짐이다. 기득권의 포기와 운동으로의 투신이라는 자기의 선택이, 공허한 다짐이 아니라 위대한 결단이 되기 위해서는 먼저 그 감상적인 혁명주의와 결별해야 한다. 정우도 그것을 알고 있다. 그래서 그는 19세기 후반 러시아의 저 나로드니키처럼 관념을 떨치고 현실 속으로 파고들어 가려 하는 것이다. 하지만 정우에게 민중과 노동현장은 동화와 투쟁의 대상으로 타자화되어 있다. 소설의 결말이 정우의 이런 미숙함을 드러내고 있다면, 서사적 시간의 역순으로 펼쳐진 그 앞의 이야기들은, 고행의 여로 속에서 만들어지는 성숙한 운동가의 모습을 보여 주는 것이다. 그것은 마치 9개월의 모터사이클 여행을 통해, 남미의 현실에 눈뜨고 혁명의 길을 걷게 되는 체 게바라의 여정에 비견될 수 있을 것이다. 스물세 살의 평범한 의대생이었던 체 게바라는 이후 자기의 모든 기득권을 버리고 삶의 전부를 혁명에 오롯이 바쳤다. 남미 대륙의 아름다운 풍경에 취하지 않고 그 풍경 속에서 사람을 발견하는 순간, 그러니까 풍경의 아름다움 속에서 오히려 민중의 고된 삶을 더 도드라지게 느끼는 그 순간들이 체 게바라를 위대한 혁명의 길로 인도했을 것이다. 그러나 모든 여행이 길 위에서의 깨달음이라는 행복한 서사로 귀결되지는 않는다. 〈이지 라이더Easy Rider〉(데니스 호퍼, 1969)의 두 청년처럼 자유로운 일

탈의 여행은 때때로 기성의 도덕률과 불화함으로써 무참히 끝장날 수 있다. 그렇다면 정우가 지나 보낸 1980년 어름의 시간들은 그에게 어떤 의미로 기억될 수 있을까?

3.

소설은 정우가 수감된 15P 영창의 폭력적인 일상으로 시작된다. “정의사회 구현을 위해 너희 같은 쓰레기들은 모두 총살해야 한다”고 말하는 K 헌병의 폭언처럼 정의가 아이러니가 된 시대에 인간은—그들이 범법자들이라고 하더라도—그저 말끔하게 치워져야 할 쓰레기다. 박정희와 그 후계자를 자임하는 신군부에게 정의란 보편적 이념이 아니라 그들만의 용법을 갖는 독특한 수사에 지나지 않았다. 그들에게 정의는 정치적 반대자나 사회적 소수자를 ‘사회정화’라는 명목으로 처리하는 가장 효과적인 명분의 수사였다. 20평 남짓한 15P 영창은 계엄이 일상이 된 당시 한국사회의 축소판이라 할 만하다. “15P 영창이 정상적인 공간일 수는 없었다. 사회에서 가장 소외된 자들만이 모이는 곳, 그것도 인생의 마지막 종착점이라고 할 수 있는 극단적인 상황 속으로, 자신의 의지와는 무관하게 타인에 의해 강제되는 공간이 이곳 영창이었다. 그 공간 속에 사람들이 갇혀 있었고, 그 사람들은 죄수였다. 그 죄수들이 잡혀 온 이유는 갖가지였지만 영창에 갇히는 순간, 모든 죄수들은 똑같이 취급되었다. 정해진 규율 범위 내에서만 죄수들은 사람으로 취급되었다." 현대정치에서 지배 권력으로서의 주권은 법의 효력이 무효화되는 예외상태를 일상으로 만들고, 벌거벗은 생명(호모 사케르)을 산출하는 생명정치적 기획을 통해 국가를 일종의 수용소로 만든다. 15P 영창은 아감벤의 이런 설명이 관철되는 한국사회의 면모를 그대로 함축하는 공간이다.

1979년 10월의 부마항쟁과 박정희 저격 사망으로부터 시작된 비상계엄은 1980년 5월 17일을 기점으로 제주도를 포함한 전국으로 확대되었고, 이 같은 정국 속에서 부산 양정의 15P 헌병대는 계엄군에 의해 붙잡혀 들어온 수감자들로 북새통을 이루고 있었다. 여기에 수감된 정우는 부산지구 계엄합동수사단이 설치된 망미동의 삼일공사를 오가며 견디기 힘든 고문으로 취조당하고 있었다. 노골적인 물리력으로 행사되는 공안당국의 폭력은 그것이 이른바 정의의 이름으로 자행되는 것이었지만, 사실은 너무도 부당하고 부도덕한 공권력의 집행이었다.

> 물고문을 하기 위해서는 사람을 꽁꽁 묶어야 해. 손목과 발목을 묶고 무릎을 굽혀 묶인 손목 안쪽으로 끼우면 양팔 사이로 무르팍이 톡 튀어나오지? 그 튀어나온 무릎 안쪽에 경찰봉을 끼워서 들어 올리면 꼼짝달싹도 할 수 없는 통닭 신

세가 되는 거야.

무릎 안쪽으로 끼인 경찰봉 때문에 다리 안쪽 근육이 밀리며 온몸의 하중을 받아 고통은 이루 말할 수가 없는 것이지. 거기다가 경찰봉 양끝을 책상 사이에 걸쳐 놓고 매달린 사람을 그네처럼 흔들거나 빙빙 돌리면 정신이 하나도 없어. 그러는 중에 통닭처럼 매달려 있는 모습은 머리가 거꾸로 서면서 하늘로 향해 입과 코가 벌어져 있는 상태이기 때문에 얼굴에 젖은 수건을 덮어씌우고 물을 부으면 항우장사라고 해도 버티기가 힘들어.

젖은 물수건 때문에 공기가 통하지 않는 상태에서 물을 부으면 '꺽꺽'거리며 숨을 들이마시듯이 그 물은 고스란히 목구멍 기도로 들어가지. 그 고통은 죽음 그 자체야. 숨을 쉬지 못한다는 것만 해도 죽을 고통인데 거기다가 공기 대신 물을 들이마시게 되면 급기야 폐가 난도질당하는 느낌이 들면서 토하게 되지. 차라리 토하면서 정신을 잃어버리는 것이 살아나는 방법이 되는 거야.

이렇게 디테일한 물고문의 묘사는 부조리한 폭력의 역사를 고발의 정신으로 증언한다. 저런 폭압적인 물리력으로 동의를 강제해야 할 만큼 계엄권력의 정당성은 취약한 것이었다. 하지만 이론에 의지해 투쟁에 앞장섰던 정우는 그 가시적인 폭력을 직간접으로 경험하면서 점차 무력하게 순치되어 간다.

불가항력, 무력감이라는 단어가 이성이라는 단어와 이렇게 절묘하게 결합할 수 있다는 것이 신기할 정도였다. 정우는 옆의 사내는 분노라도 느끼며 자신의 생각을 표현하는데, 자신은 그 분노조차 이성으로 삭이며 벙어리가 되어 가는 것에 절망감을 느꼈다.

소박한 이론과 투박한 신념에 의지하는 청춘의 열정이란 이렇게 덧없는 것일 수 있다. 물론 정의에 대한 청춘의 감각은 4·19의 위대한 승리에서 보듯 그렇게 단순한 것은 아니다. 하지만 이성적 사유의 단련을 거치지 않은 정념은 때로 위험한 맹목으로 불타오르고 결국은 방종한다. 소심한 이성으로 저 압도적인 폭력을 불가항력으로 받아들이는 것은, 맹목으로 방종하는 것과 다를 것이 하나 없다. 그렇게 대책 없이 대범하거나 소심하게 주눅들 때 청춘은 표랑한다. 그러므로 청년은 고단한 경험 속에서도 성장할 수 있어야 한다.

정우에게 자기 마음의 짙은 관념성은 『데미안』의 그 알처럼 깨뜨려야 할 무엇이다. "새는 알에서 나오려고 투쟁한다. 알은 세계이다. 태어나려는 자는 하나의 세계를 깨뜨려야 한다." 세상의 모든 청춘은 저마다의 사연으로 자기만의 알 속에서 부화를 기다린다. 정우는 책으로는 알 수 없었던 것들을 고행의 길에서 배운다. 죽은 자의 환청 속에서 공포로 무력했던 정우는 드디어 일어선다. 정우는 군사재판을 받고 즉시 항소한다. 그것은 법적인 논리에서의 반박이 아니라 군사법정의 부당한 판결에 대한 적극적인 거부이자 능동적인 불복종이다.

> 15P 영창 안 죽음의 공간 속에서 죽은 자였던 정우가 거부할 수 있다는 것, 그것은 새로운 생명으로 거듭나는 것이었다. 그것은 또한 지금까지의 정우 자신에 대한 거부이기도 했다. 군홧발에 짓밟히며 들짐승처럼 앓는 소리를 내면서 널브러져 있었던 나약한 정우였다. 머리부터 발끝까지 몽둥이세례를 받으며 뼈 마디마디를 들쑤시는 폭력에도 비명조차 지르지 못하고 온몸을 내맡겼던 정우였다.
>
> 그러한 정우가 이제 자신까지 거부하며 인간성을 되찾고자 하는 것, 그것은 새로운 투쟁을 모색하는 것이기도 하였다.

불가항력에 저항하고 무기력에서 벗어난 정우는 거부할 수 있다는 그 불복종의 능동적 힘을 통해 자존감을 회복한다. 그것은 마치 새로운 생명으로 거듭나는 것 같은 비약의 경험이었고, 그래서 그는 새로운 투쟁을 모색할 수 있는 자신감을 되찾는다. 그러니까 15P 헌병대의 영창은 정부가 원하는 교화의 장소가 아니라 죽임의 폭력에 눈뜨는 생명의 학교였던 것이다. 고행 속에서 단련하고 무기력에서 벗어나자 이후의 모든 경험은 성장의 거름이 된다. 15P 헌병대에서 부산교도소로, 여기서 다시 서울의 영등포구치소로의 이감은, 새로운 만남 속에서 관계를 만들고 다시 결별 속에서 그 관계를 성찰하는 배움의 연속이다.

정우는 처음 이감된 부산교도소에서 강도나 폭행치상, 강간과 같은 죄를 저지른 폭력범들과 함께 일반 잡범방에 수감되었다. 무지한 범죄자들인 그들과의 생활은 관념과 개념의 민중에 사로잡혀 있었던 정우에게, 구체성의 실감으로 인간을 바라보는 눈을 주었다. 더불어 감방의 구조라든가 내부의 자체 규율에 대한 자세한 묘사는 그 체험의 구체성과 사실성을 생생하게 드러낸다. 야학 교사로 활동했던 정우는 여기서도 "폭력방의 이야기꾼, 만담가"가 되어 역사를 가르치고, "인간의 모든 행동은 사회적 산물"이라는 역사유물론의 논리로 그들을 계몽한다. 정우는 지금껏 "민중을 가르치고 깨우치게 해야 할 대상으로 보고 그 일에 자신의 역할을 부여"해 왔다. 사실은 정우 자신이 그들로부터 책에 없던 귀한 가르침을 얻고 있었지만 그는 방장인 번개의 요청을 받아들여 이른바 학습을 주도하게 된다. 그 당시 공식적인 교육을 부정하는 반 교육으로서의 자율적인 소단위 학습은 그 자체로 결연한 실천이었다. 혁명을 하려면 먼저 알아야 했고 그러기 위해서는 함께 공부해야 했다. 선배가 후배를 의식화하고 지식인은 민중을 의식화했다. 정우도 역시 "당시 운동권 대학생이라면 대부분이 거치는 철학과 경제사 공부를 시작으로 한국근대사, 정치경제학, 운동이론 등으로 학습 순서를 잡아 공부를 하였다". 이론을 혁명의 실천으로 구체화하기 위해서는 한국사회의 성격에 대한 명확한 규명이 요구되었고, 예컨대 1980년대 중후반의 '사회구성체 논쟁'은 그 요구에 대한 운동권의 치열한 응답이었다. 이런 논쟁을 통과해 한국사회의 주요모순을 파악하고 그에 따라 투쟁을 전개하는 것, 그것이 당시 운동권의 전형적 논리였다. 1980년 5월 19일, 정우 일당이 남포동에서 유인물을 살포한 것도 그러한 논리의 연장선에서 이루어졌다.

> 소위 상아탑 안에서만 지식인들이 자신의 지식을 무기 삼아 밤을 새워 토론하고 가르치려고만 했다. 정우도 예외는 아니었고 그렇게 정립된 정우의 사고체계는 관념적 혁명운동가 그 자체였다. 솔직히 관념적 혁명운동가라는 단어 자체도 정우 자신이 정리한 수식어일 뿐이었다.

그러나 조잡한 번역으로 급하게 출간된 사회과학서적들, 그리고 각종의 리플렛과 팸플릿을 통한 토론과 학습이 우리 사회의 정치경제적 맥락을 이해하는 데 얼마나 정치한 도움이 될 수 있었을까? 더군다나 그 조급한 공부로 다른 이들을 의식화한다는 것은 또 얼마나 위험한 열정인가? 소박한 이론으로 무장한 이십대 젊은이들은 그 투박하고 경직된 논리를 앞세워 거리로 뛰어들었고, 심지어는 분신이라는 극단의 형식으로 폭압의 시대에 항거했다. 평범한 인간을 투사로 만들고 앳된 젊은이를 열사로 만드는 의식화, 그것은 마치 장님을 눈뜨게 만든다는 유사종교의 신이한 의식처럼 위험천만하다.

진정한 보수를 자처하면서 천박한 수구적 작태나 일삼는 이들만큼이나 독선적인 정의의 신념에 사로잡힌 진보는 해롭다. 선불리 가르치려 든다는 것, 그것은 대중을 수동적인 타자로 대상화하는 계몽주의자의 철없는 욕망이다. 그러니 무지해서 오히려 편견이 덜한 방장의 구체적 질문에 정우가 당혹스러워 어쩔 줄 몰라 하는 것은 당연한 일이다.

> 이러한 질문들에 대해서 정우가 대답할 수 있는 내용은 별로 없었다. 이전에는 정우가 목숨을 내걸 정도로 소중했던 모든 생각들이 이곳에서는 쓰일 데가 별로 없었다. 그 생각들이 잘못되었거나 의미가 없다는 것이 아니라 새롭게 접한 현실에서는 새로운 해답을 찾아야만 했기 때문이다. 그것을 찾지 않으면 이전의 생각들은 아무 쓸모가 없다고 정우는 생각하였다.

"행동으로 구체화되지 않는 생각은 아무런 쓸모가 없"다고 여기는 정우에게 이론은 실천으로 완성되고 실천은 이론의 정당성을 확인하는 잣대다. 이론과 실천이 이처럼 인과적인 함수관계로 연결되는 것이라면, 위대한 실천은 탁월한 이론 덕분에 가능한 것이겠지만, 정치적인 행동은 대개 지고한 앎이 아니라 오히려 절박한 체험으로부터 터져 나온다. 교도소에서의 삼청교육은 인간의 자존감을 박탈하는 폭력의 사악한 모습을 숨김없이 보여 주었고, 굴욕당한 사람들은 그 모멸 속에서 치욕을 느꼈다. 온몸으로 전해지는 고통은 오직 홀로 감당해야 하는 것이었지만, 역설적으로 그 외로운 고통 속에서 정우는 옆자리의 사람들에게서 '동질의식'을 느낀다. 삼청교육의 가혹한 폭력은 그들을 그렇게 고통이라는 감정을 나누어 가지는 정념의 공동체로 묶어 주었다.

그런데 뜻밖의 일이 일어났다. 교도소에서 삼청교육을 받으면서 당하는 그 고통의 동질감 속에 정우의 피가 끓어올랐던 것이다.

도저히 견딜 수 없을 것 같은 고통 속에, 내가 빠지면 이 봉을 들어 올릴 수 없겠다는 생각, 저 사람이 함께 하지 않으면 이 봉을 들어 올릴 수 없겠다는 생각, 다리가 부들부들 떨리고 손가락 마디마디가 경련을 일으키며 힘줄이 늘어나는 것 같은 통증 속에 온몸이 땀에 젖어드는 순간, 정우는 오히려 힘찬 기합을 넣었다. 그것은 함께 살고자 하는 소리였다. 그것은 또한 인간성이 극단적으로 말살되는 상황에서 일어나는 최소한의 인간적 유대감을 통해 스스로의 존재감을 자각하는 것이기도 했다.

"낮 동안에 벌어지는 긴박한 대립관계가 밤 동안에 느슨한 유대관계로 변화"하는 교도관과 재소자 사이의 묘한 관계도 정우에게는 "사람에 대한 이해랄까, 세상사에 대한 이해"를 더 깊게 해 주었다. "정우는 자신이 평소에 가지고 있던 상식이 조금씩 무너지고 있다는 것을 느꼈다. 지금까지 정우에게 선과 악은 분명했다. 동지와 적도 분명했다. 옳은 것은 옳은 것이고 틀린 것은 틀린 것이었다. 그러나 지금 정우에게 이러한 구분이 애매해져 버렸다. 무엇이 선이고 무엇이 악인지, 누가 동지고 누가 적인지 구분이 애매해져 버린 것이다." 정치적 적대와 이성적 분별 속에서 세상을 바라봤던 정우에게, 분간할 수 없는 현실의 모호함은 상식 밖의 진실을 가르쳐 주었다. 관념이 아닌 몸의 고통, 그 구체적 감각이 일깨운 사유 속에서 막연했던 민중의 모습도 조금씩 감각되기 시작한다.

> 그 민중이 어디에 있는가? 정우는 그 해답을 찾지 못하였다. 그러한 정우가 부산교도소에서 번개 방장을 만나고 고참 수감자들의 이야기를 들으면서 그 해답을 조금이나마 정리한 것이다.

민중은 처음부터 완성된 개념으로 존재하지 않았다. "민중은 존재하는 것이 아니라 만들어지는 것"이다. "스스로가 자신의 권익을 위해 저항할 때 민중이 되는 것이었다. 그 저항은 도저히 참을 수 없을 때 일어났다. 참고 견디기를 반복하고도 도저히 참을 수 없을 때가 바로 저항이 일어나는 때라는 말이다. 이후 정우는 이러한 저항을 수도 없이 목격하게 되고 자신도 그러한 저항 속에 자신의 권리를 조금씩 획득해 나갔다." 이렇게 민중은 참을 수 없는 고통의 감각, 그 구체적인 몸의 감각이 발화시킨 저항으로부터 생성되는 것이다. 민중이란 선험적인 개념도 아니고 추상적인 관념도 아닌, 바로 그 고통 받는 몸이다. 함께 고통 받는 가운데 저항하는 우리는, 그 아픔을 같이 나누는 정념의 공동체, 즉 민중으로 다시 태어난다.

영등포구치소로 이감된 정우는 거기서 자기와 마찬가지로 계엄포고령 위반으로 구속된 충남대학교 학생 동지들을 만난다. 옆방에는 공주사대와 충북대 학생들이 수감되어 있었고, 이곳에서 정우는 또 다른 특별한 경험들을 만난다. 같은 방에 수감된 정 군이라는 친구는 정신분열증으로 자기를 예수라 여기면서 어느 날 이렇게 말한다. "여기는 네 있을 곳이 아니니 쫓아내는 것이고, 너희들의 죄 사함을 이루고자 나의 죄를 물어 이곳을 나의 무덤으로 삼고자 함이니 곧 내 집이니라." 이것은 자신의 희생으로 타인을 구하겠다는 한없는 사랑의 마음이다. 어쩌면 이 에피소드는 세속적 욕망들을 포기하면서까지 민주화라는 대의를 위해 자기를 희생했던 그들 청춘에 대한 일종의 알레고리인지도 모르겠다. 망가진 정 군의 정신은 그 시대의 폭력이 얼마나 잔혹한 것이었는가를 증명하는데, 특히 정 군의 꿈속 장면을 통해 그의 정신적 착란을 묘사한 대목은 인상적이고 그래서 더 가슴 아프다.

1981년 3월 3일 전두환이 대통령으로 취임하면서 정우는 특별 사면되어 석방되었다. "따뜻하고 온기가 있는 가족의 품으로 돌아가지만 이제 더 이상 예전의 정우가 될 수는 없었다." 고난의 여정을 거쳐 고향에 돌아왔지만 곧바로 가족을 만나 행복을 누릴 수 없었던 오디세우스처럼, 수배와 구속의 험난한 시간을 보내고 집으로 돌아온 정우에게는 아직 해야 할 일이 남았다. 어쩌면 그에게 남은 앞으로의 삶은 그 고뇌의 시간들에 대한 응답일 수도 있다. 그래서 그는 상처받고 죽어 간 사람들을 기억하며 다시 살아야만 한다.

> 그러나 정우는 다시 살아남아야만 했다. 정우가 살아남기 위해서는 잃어버린 시간들, 잊힌 이름들을 다시 되살려 내어야 했다. 그것은 정우 자신도 모르게 남은 숙제였다. 살아남은 자에게 남은 죽은 자의 목소리. 그 목소리만이 산 자의 영혼을 불러올 수 있었다. 뼈대만 남아 있는 자에게 피와 살을 붙이고 해골 속에 영혼을 불어넣을 수 있는 것이다. 살아남은 자의 고통은 바로 이런 거였다. 죽은 자의 목소리를 통하지 않고서는 살아남은 자 역시 죽은 자였다.

한나 아렌트는 『인간의 조건』 제5장 「행위」의 제사로 "모든 슬픔은, 말로 옮겨 이야기로 만들거나 그것에 관해 이야기를 한다면, 참을 수 있다"라고 한 아이작 디네센의 말을 인용했다. 살아남은 자의 가장 중한 역할이란 죽은 자들에 대한 기억을 망각으로부터 지켜 내는 일이다. 그 곤혹스런 기억들 속에서만 우리는 부끄럽지 않게 살 수 있다.

4.

소설의 서사 구성에서 이야기의 시간은, 1980년 5월 19일 정우 일당이 남포동에서 유인물을 살포한 직후부터 시작된 수배와 도피의 시간으로 다시 되돌아간다. 그 도피의 여로는 역시 배움의 시간으로 채워진다. 처음엔 그저 잡히지 않기 위해 달아나는 단순한 도주에 지나지 않았지만, 시간이 지나면서 "단순히 도망만 다닌다면 지금까지 정우의 행동은 아무런 의미도 가질 수 없다는 생각을 하게 되었다". 그래서 그는 "이 순간들을 나의 시간으로 만들어야 한다"고 다짐한다. 투쟁의 현장을 벗어나 도피의 길에 오르자 새삼 자연을 느끼며 젊은이다운 감상 속에서 서정에 빠져들기도 한다.

> 풀벌레 소리가 향기로웠다. 시골에서 자란 정우는 냄새로 계절을 느끼곤 했다. 꽃 냄새와 풀 냄새와 흙냄새와 나무 냄

새 등 정우 주변의 모든 것에서는 냄새가 났다. 그리고 그 냄새는 바람을 타고 정우의 머리를 더듬기도 하고 귀를 간질이기도 하면서 스쳐 갔다. 정우의 코끝으로 냄새가 스쳐 가면 정우의 가슴은 터질 것처럼 부풀어 올랐다. 그 가슴속으로 냄새가 녹아들면 냄새는 코가 아니라 정우의 입으로 목으로 가슴으로 그래서 정우의 온몸으로 젖어들었다.

그리고 정우는 바람 냄새와 물 냄새와 햇빛 냄새와, 구름 냄새와 파란 하늘 냄새와 새들의 지저귀는 냄새와, 낮과 밤의 냄새와 정우의 집에서 키우는 소와 돼지와 닭의 꿈꾸는 냄새까지 느꼈다. 그 냄새는 향기로웠다. 그 향기로운 냄새를 정우는 모두 알고 있었다. '향기로운 냄새'로 표현되는 그 한마디의 단어 속에 수십 가지의 냄새, 수백 수천 가지의 냄새가 들어 있었다.

이념과 운동의 논리로부터 자유로워지는 순간, 청춘의 감각은 예민하게 자연을 느낀다. 자신이 가르치는 야학의 여학생 숙영의 집에서, 모처럼의 평온을 느끼며 하룻밤을 보낼 수 있었던 것도, 역설적이지만 도피의 시간이 가져온 감각의 회복 덕분이었을 것이다.

정우의 얼굴 앞으로 숙영의 가슴이 뭉클하고 부딪혀 왔다. 따스했다. 무어라 말할 수 없는 포근한 느낌에 정우는 눈을 감았다. 숙영의 머릿결이 정우의 목과 귓불을 스치며 지나갔다. 들길 위의 풀 냄새처럼 풋풋한 향기가 났다.

몸의 감각이 깨어나는 순간, 이것이야말로 관념이 육체를 얻는 가장 황홀한 순간이다. 이론과 실천의 강박에 눌려 있었던 감각들이 되살아나면 이렇게 세계를 온전하게 느낄 수 있게 된다. 하지만 도피 중에 읽은 『잡보경』의 말씀은 "지혜로운 사람은 어느 때나 화를 내지 않는다"며 인내라는 지고의 미덕을 설파하고 있었다. 그것은 세속의 정념과 일상의 욕망을 죄악시하는 저 경직된 운동의 이념들처럼 답답하다.

다시 부산으로 돌아온 정우는 고종사촌인 숙의 집에 잠시 머무른다. 숙과 그의 남편은 근실하게 공장을 다니는 노동자 부부다. 정우는 예전부터 "비록 좁은 방이라고 할지라도 백열등 불빛 아래 정다운 가족이 함께 둘러앉아 계란을 까먹는 풍경이 좋아 자주 들르곤 하였다". 몸으로 먹고사는 노동자는 사람의 온기를 아는 계급이다. 민중은 이렇게 추상적 관념이 아니라 몸으로 공감하는 사람들이다. 공사현장에서 만난 일용직 노동자 정씨 아저씨의 기구한 사연에 깊이 공감할 수 있었던 것도, 머리보다는 몸을 써서 일하는 사람들 그 특유의 정감 때문이었을 것이다. 정우에게 도피와 구속의 날들은 결국 그를 이런 인식에 도달하게 만드는 단련의 시간이었다.

지금 지나가는 순간순간이 정우의 삶의 단편이 되고 이러한 단편들이 모여 세월이 되면, 정우 역시 지나간 삶의 연장선에서 새로운 삶의 연속성을 찾을 수밖에 없을 것이다. 그렇다면 정우가 보내는 현재의 시간은 정우의 미래를 만들어 나가는 시간이 되는 것이다.

정우는, '그렇다면 도망이란 것은 무엇인가?'라는 질문을 스스로에게 던져 보았다.

'누군가를 피하여 끊임없이 두려움에 떨며 숨어 다니는 것이 도망이라면 그 도망의 미래는 잡히느냐 잡히지 않느냐의 결과밖에는 없다. 반면에 도망 그 자체가 자신의 삶이고 그 삶 속에서 새로운 미래를 개척해 나간다면 그 도망의 미래는 잡히느냐 잡히지 않느냐에 상관없이 새로운 삶으로 자신의 미래를 이끄는 것이다.'

정우는 이제 정주의 안락함에 개의치 않고 영원한 탈주의 시간 속에서 행복할 수 있을까? 자신의 미래를 새로운 삶으로 이끄는 것이 도망이라고 인식할 때, 수세적인 도피는 드디어 능동적인 도주로 비약한다. 두려움 속에서 숨어 버리는 도피가 아니라 지금 이 시간에 대한 충실함 속에서 다가올 미래의 삶을 유인하는 도주. 청춘의 여로는 하나의 종착지로 귀결되는 것이 아니라 우발적인 만남의 연쇄로 끝없이 펼쳐져야 한다. 도주란 그런 것이다. 그러므로 청춘은 늘 바쁘게 달아나는 삶이다. 알 수 없는 미래로 불안하지만 정해진 것 없기에 기대로 가득한 것, 그것이 청춘이다. 그러므로 1980년의 그 시간들은 되돌릴 수 없는 과거가 아니라 미래를 불러오는 현재의 시간이다. 그 시간 속에서 우리 모두 행복하기를. 끝나지 않을 영원한 청춘의 여로를 위하여.

작가의 말

1980년 그 해, 딱 1년 동안의 회상이다. 그러나 회상이 이어지면서 4개월의 시점이 보태졌다. 1년 4개월의 시점 속에, 그 해에 살았던 사람들의 이야기가 있었다.

지나간 시대였다. 되풀이되는 역사 속에 별로 새로울 것도 없었다. 그 시대, 그 많은 이야기들 속에는 그 시대에 주어지는 고통이 있었다. 시대를 이야기할 때, 그 이야기는 새로워야 했다. 그 새로움으로 주어지는 문제의식이 있어야 했다. 그 문제의식은 시대를 다시 만들고 그 시대는 새로운 것이 되어야 했다.

일에는 순서 같은 것이 있다. 이 일을 먼저 하지 않고서는 다른 일을 할 수 없는 것 말이다. 그 시대 이야기가 그랬다. 많은 이야기가 오고 갔고, 나름의 분석과 평가가 이루어졌는데도 무언가 빠진 듯한 느낌 같은 거 말이다. 심지어 1980년대식의 글 나부랭이들, 우려먹기 식의 후일담이나 쏟아낸다는 평론들에는 가슴이 섬뜩할 정도의 공포가 일어났다. 그 시대, 유인물 한 장을 쓰기 위해서도 목숨을 걸어야 했던 그 시대의 공포심보다도 더하게, 이 시대, 누구나 자유롭게 글을 쓰고 자신의 이야기를 할 수 있는 이 시대가 더 무서워졌다. 억압은 총칼에만 있는 것이 아니었다. 세 치 혀끝에서도, 억압은 총칼보다도 더 무섭게 시대를 장악하고, 사람의 손과 발을 묶고, 눈과 귀를 멀게 하고, 급기야 퇴행의 역사를 만들려 하고 있다.

이 시대, 제대로 된 이야기가 없다는 것은, 순서가 잘못된 말이다. 문제는 제대로 된 이야기든, 제대로 안 된 이야기든, 그 이야기 자체가 부족한 데에 있다. 굳이 양질 전화의 법칙을 이야기하지 않더라도, 이야기 자체가 부족한데 어떻게 완성된 이야기가 만들어질 수 있겠는가? 수천 명의 시위대 한 사람 한 사람이 모두 한 가지씩의 이야기를 가지고 있는데, 그 엄혹한 시대 수만 명 또는 수십만 명의 사람들이 자신의 이야기들을 가슴속에 품고 있는데, 그 이야기들을 모두 끄집어내지 않고서는 어찌 이야기를 완성할 수 있겠는가? 한 걸음도 나아갈 수 없다.

이 세상에 제대로 되지 않은 이야기는 없다. 역사에 진부함이 있는가? 찰나에 사람의 목숨이 사라지고 살점이 터져 피바람이 난무하는 역사 속에 진부함은 없다. 이 회상은 '1980'이라는 제목 그대로 1980년 5월을 전후한 1년여 동안에 한정된 것이다. 그 시대 누군가에게 일어났던 이야기를 정리한 것이다. 물론 그 시대에 살았던 사람이라면 누구에게나 일어났을 법한 일이지만, 사람의 기억이란 직접 겪어 보지 않고서는 만들어지지 않는 것이기에 특수한 상황을 가미할 수밖에 없었다. 그 특수한 상황은 바로 이름들이었다. 그리고 그 이름들이 만들어지기까지 전후맥락을 설명할 수 있는 몇 가지 시대적 공간을 조금 넓혀 본 정도이다. 1979년 10월 부마항쟁의 기억을 조금 추가한 것이 그것이다.

이 회상이 갖는 의미는 그 시대 투쟁의 한편에 부산이 있었다는 것, 그리고 그 부산은 단순히 부산만을 의미하는 것이 아니라 한국사회 전체를 의미한다는 것을 새삼스럽게 한 번 더 기억시켜 주고자 하는 것이다. 당시 전두환 군사쿠데타세력은 1980년 5월 광주시민을 폭도로 몰아붙이기 7개월 전에, 이미 부산시민을 폭도로 몰아붙였다. 1979년 10월의 부산시민의 투쟁과 1980년 5월의 광주시민의 투쟁은 연속선상에 있었다. 그 7개월이라는 시간은 단절된 것이 아니라 연속된 것이었고, 그 속에서 진행되었던 민중들의 투쟁은 점점 커져 가는 폭압에 맞서 자신들의 투쟁을 확대해 나가는 것이었다. 그리고 1980년 5월 18일, 전국에서 투쟁의 불길이 솟아올랐다.

마지막으로 이 소설을 출판할 수 있게 된 것은 전적으로 산지니 출판사 덕택이다. 글을 읽어 주고 다듬는 데 신경을 써 주신 강수걸 사장과 편집진에게 진심으로 감사를 드린다. 편집과 디자인을 직접 맡아 준 김은경, 권문경 님에게 감사를 드린다. 이 소설을 처음부터 읽어 주고 퇴고에 도움을 준 문학평론가 전성욱 선생에게도 감사의 인사를 전한다. 그리고 어설픈 가장의 글쓰기에 마음을 다하여 응원한 아내와 딸에게 고마운 마음을 전한다.

2011년 8월 어느 날

노재열

작가 약력

경남 진주 출생, 진주고등학교 졸업(47회), 부산대학교 졸업

1979년　10월 부마항쟁으로 도피

1980년　비상계엄령, 계엄포고령위반 구속

1981년　국가보안법 구속(부림사건)

1987년　노태우 반대시위 구속

1988년~1995년　영남지역 노조 · 단체연석회의 집행책임자

1989년~1994년　부산지역 삼화고무 투쟁 관련 업무방해(제3자개입금지법) 수배

1996년~1998년　민주금속노동조합연맹 정책국장, 19년 만에 부산대학교 졸업

1998년~2000년　금속산업노동조합연맹 정책기획실장

2000년~2001년　독일어 어학연수와 독일금속산업노동조합(IG Metal) 중앙본부 연수(독일 슈베비쉬 할, 프랑크푸르트 소재)

2001년~2002년　전국금속노동조합 정책기획실장

2002년~2005년　금속산업노동조합연맹 정책기획실장

2006년~2008년　현대자동차노사전문위원회 연구전문위원

2007년~2011년　부산지방노동위원회 근로자위원

2007년~현재　민주노총 서부산노동상담소 소장

노재열

경남 진주에서 태어났다. 진주에서 고등학교를 마치고 부산에서 대학을 나온 후 30년 넘게 부산시민으로 착하게 살고자 애쓰고 있는 사람이다. 전두환군사정권 8년 동안 3차례 구속 수감되며 20대 청춘을 다 보내었다. 감옥을 들락거리며 노동운동에 매달리다 세월을 뒤돌아 볼 틈도 없이 시간을 보내다가 잠시 잊혔던 옛일을 떠올리며 글들을 모아 본 것이 책으로 만들어졌다.

이 글은 그의 첫 소설책이다.

현재는 부산 강서구 녹산공단에서 노동상담소 소장 일을 하고 있고 부인과 딸을 곁에 두고 오순도순 살아가고 있다.

:: 산지니 · 해피북미디어가 펴낸 큰글씨책 ::

문학

보약과 상약 김소희 지음
우리들은 없어지지 않았어 이병철 산문집
닥터 아나키스트 정영인 지음
팔팔 끓고 나서 4분간 정우련 소설집
실금 하나 정정화 소설집
시로부터 최영철 산문집
베를린 육아 1년 남정미 지음
유방암이지만 비키니는 입고 싶어 미스킴라일락 지음
내가 선택한 일터, 싱가포르에서 임효진 지음
내일을 생각하는 오늘의 식탁 전혜연 지음
이렇게 웃고 살아도 되나 조혜원 지음
랑(전2권) 김문주 장편소설
데린쿠유(전2권) 안지숙 장편소설
볼리비아 우표(전2권) 강이라 소설집
마니석, 고요한 울림(전2권)
페마체덴 지음 | 김미헌 옮김
방마다 문이 열리고 최시은 소설집
해상화열전(전6권) 한방경 지음 | 김영옥 옮김
유산(전2권) 박정선 장편소설
신불산(전2권) 안재성 지음
나의 아버지 박판수(전2권) 안재성 지음
나는 장성택입니다(전2권) 정광모 소설집
우리들, 킴(전2권) 황은덕 소설집
거기서, 도란도란(전2권) 이상섭 팩션집
폭식광대 권리 소설집
생각하는 사람들(전2권) 정영선 장편소설
삼겹살(전2권) 정형남 장편소설
1980(전2권) 노재열 장편소설
물의 시간(전2권) 정영선 장편소설
나는 나(전2권) 가네코 후미코 옥중수기
토스쿠(전2권) 정광모 장편소설
가을의 유머 박정선 장편소설
붉은 등, 닫힌 문, 출구 없음(전2권) 김비 장편소설
편지 정태규 창작집
진경산수 정형남 소설집
노루똥 정형남 소설집
유마도(전2권) 강남주 장편소설
레드 아일랜드(전2권) 김유철 장편소설
화염의 탑(전2권) 후루카와 가오루 지음 | 조정민 옮김
감꽃 떨어질 때(전2권) 정형남 장편소설
칼춤(전2권) 김춘복 장편소설
목화-소설 문익점(전2권) 표성흠 장편소설
번개와 천둥(전2권) 이규정 장편소설
밤의 눈(전2권) 조갑상 장편소설
사할린(전5권) 이규정 현장취재 장편소설
테하차피의 달 조갑상 소설집
무위능력 김종목 시조집
금정산을 보냈다 최영철 시집

인문

엔딩 노트 이기숙 지음
시칠리아 풍경 아서 스탠리 리그스 지음 | 김희정 옮김
고종, 근대 지식을 읽다 윤지양 지음
골목상인 분투기 이정식 지음
다시 시월 1979 10 · 16부마항쟁연구소 엮음
중국 내셔널리즘 오노데라 시로 지음 | 김하림 옮김
파리의 독립운동가 서영해 정상천 지음
삼국유사, 바다를 만나다 정천구 지음
대한민국 명찰답사 33 한정갑 지음
효 사상과 불교 도웅스님 지음
지역에서 행복하게 출판하기 강수걸 외 지음
재미있는 사찰이야기 한정갑 지음
귀농, 참 좋다 장병윤 지음
당당한 안녕-죽음을 배우다 이기숙 지음
모녀5세대 이기숙 지음
한 권으로 읽는 중국문화 공봉진 · 이강인 · 조윤경 지음
차의 책 The Book of Tea
오카쿠라 텐신 지음 | 정천구 옮김
불교(佛敎)와 마음 황정원 지음
논어, 그 일상의 정치(전5권) 정천구 지음
중용, 어울림의 길(전3권) 정천구 지음
맹자, 시대를 찌르다(전5권) 정천구 지음
한비자, 난세의 통치학(전5권) 정천구 지음
대학, 정치를 배우다(전4권) 정천구 지음